U0861935

“十三五”国家重点图书出版规划项目

国家出版基金项目
NATIONAL PUBLICATION FOUNDATION

汉俄对照中国诗歌系列

Серия «Поэзия Китая, Хрестоматия с параллельными китайско-русскими текстами»

李白诗读本

Стихотворения Ли Бо
Хрестоматия

谷羽 ［俄］谢尔盖·托罗普采夫 编选
［俄］谢尔盖·托罗普采夫 翻译

Составили Гу Юй, Сергей Торопцев

Перевел Сергей Торопцев

天津大学出版社
TIANJIN UNIVERSITY PRESS

图书在版编目（CIP）数据

李白诗读本 / 谷羽，（俄罗斯）谢尔盖·托罗普采夫编选；（俄罗斯）谢尔盖·托罗普采夫翻译 .— 天津：天津大学出版社，2019.12

（汉俄对照中国诗歌系列）

ISBN 978-7-5618-6525-5

Ⅰ . ①李… Ⅱ . ①谷… ②谢… Ⅲ . ①唐诗—诗集—汉、俄 Ⅳ . ① I222.742

中国版本图书馆 CIP 数据核字（2019）第 222481 号

策划编辑：田　菁
责任编辑：姚卫东
装帧设计：谷　越
插　　图：谷　越

李白诗读本
Libaishi Duben

出版发行：天津大学出版社
地　　址：天津市卫津路 92 号天津大学内（300072）
电　　话：发行部：022-27403647
网　　址：www.tjupress.com.cn
印　　刷：廊坊市海涛印刷有限公司
经　　销：全国各地新华书店
开　　本：148mm × 210mm
印　　章：6.875
字　　数：212 千字
版　　次：2019 年 12 月第 1 版
印　　次：2019 年 12 月第 1 次
定　　价：38.00 元

版权所有　侵权必究

谷羽

Сергей Торопцев

謝公

诗歌翻译与对照阅读
——《汉俄对照中国诗歌系列》序言

谷　羽

中国有悠久的诗歌传统，诗词作品不断涌现，像黄河长江一样奔流不息，江河源头耸立着《诗经》和《楚辞》。《诗经》中的国风，均采自各地民歌，形式以四言为主。《楚辞》诗句，四六交织，称为骚体。屈原的《离骚》，光耀千秋。汉乐府以五言诗呈现，魏晋南北朝出现了七言诗，题材和诗体渐趋丰富。

中国诗的三座高峰是唐诗、宋词、元曲。唐代诗人在五言、七言古体诗的基础上推出了近体诗，格律严谨、注重平仄调配和对仗，创造了律诗、绝句、排律，从而把格律诗推向了巅峰。词，又称长短句，依据词牌填写，格律多变，便于歌唱，隋唐时期已初现端倪，到宋代达到鼎盛，故称为宋词。曲，与戏剧和音乐相关，依据曲牌填写，与词相比，更多平民性和生活气息，诗句可加衬字，多口语入诗，兴盛于元代，统称为元曲。词、曲的出现，并非取代诗，而是多元并存，共同发展。明清两朝小说兴盛，诗歌开始融入小说。民国期间倡导新文化运动，提倡自由体白话诗，新诗发展至今正好百年。

唐宋元三个朝代七百年间相继涌现了许多天才诗人：李白、杜甫、王维、白居易；苏轼、辛弃疾、李清照、陆游；关汉卿、马致远。这些伟大的名字与日月同辉，他们的名篇杰作世代流传。诗人的生命有限，其作品的艺术生命永恒。历代传世佳作不仅滋润着中国文人的心灵，成为他们的精神家园，而且受到各国汉学家的关注，从18世纪起被陆续译为各种外语版本，中国诗词成了世界人民共同享有的文化遗产。

俄罗斯汉学家瓦西里·瓦西里耶夫院士早在1880年出版的《中国文学史纲要》一书中就把司马相如、杜甫、李太白和苏东坡的名字跟普希金相提并论。另一位汉学家瓦西里·阿列克谢耶夫院士，指导他的弟子尤·休茨基译唐诗，1923年出版了《七至九世纪中国抒情诗选》。在这本诗集的序言里，他提出了注重科学性与艺术性的译诗原则和以俄语音步对应汉语音节的译诗方法。

阿列克谢耶夫院士学识渊博，对中国文学有宏观把握，于1920年提出了中国典籍翻译提纲，因此俄罗斯汉学家翻译中国诗歌具有系统性。他

Перевод поэзии и хрестоматия
—Предисловие к Серии «Поэзия Китая, Хрестоматия с параллельными китайско-русскими текстами»

Гу Юй

Китайская поэзия имеет долгую традицию, и стихи плывут непрерывающимся потоком, как волны Желтой реки или Янцзы, вздымая из своих глубин «Канон поэзии» и «Чуские строфы». В разделе «Нравы царств» «Канона поэзии» собраны народные песни разных местностей, созданные, преимущественно, в четырехсложном размере. В элегиях «Чуских строф» переплетены четырех- и шестисложные размеры. Тысячи лет не меркнет сияние «Скорби отрешенного» Цюй Юаня. В ханьских песнях *юэфу* появился пятисложный стих, в эпохи Вэй, Цзинь, Северных и Южных династий возник семисловный стих, и постепенно обогащались тематика и поэтика.

В китайской поэзии есть три высокие вершины: танские *ши,* сунские *цы,* юаньские *цюй.* Танские поэты, оставаясь на фундаменте пяти-семисловного размера и «поэзии старого стиля», предложили «поэзию нового стиля» со строгой формой, вниманием к тональному рисунку и к параллелизму строк, писали четверостишия и уставные стихи *люйши* и *пайлюй,* возведя регулярный стих на новую высоту. В жанре *цы* (он именовался также «разноразмерными строками») тексты писали на определенные мелодии для *цы,* размер варьировался, подчиняясь песне; первые ростки этого жанра появились еще во времена Суй и Тан, но расцвели при династии Сун и получили название «сунских *цы*». В жанре *цюй*, связанном с театром и музыкой, тексты писались на определенные мелодии для *цюй,* подобно тому, как это было для *цы,* в них появилось больше простонародного духа и жизненности, в строки разрешалось вставлять слова сверх установленного размера, появилась разговорная манера, что особенно расцвело в период династии Юань, поэтому этот жанр и назвали «юаньские *цюй*». Возникновение *цы* и *цюй* отнюдь не отменили *ши,* они развивались параллельно, формируя многообразие. С расцветом при династиях Мин и Цин романов поэзия внедрилась в них. С началом движения за новую культуру в период Республики возникли стихи свободной формы на разговорном языке, и новая поэзия до сего дня развивается вот уже сто лет.

За 700 лет трех династий Тан, Сун, Юань появилось много талантливых поэтов: Ли Бо, Ду Фу, Ван Вэй, Бо Цзюйи; Су Ши, Синь Цицзи, Ли Цинчжао, Лу Ю; Гуань Ханьцин, Ма Чжиюань. Эти великие имена, яркие, как небесные светила, оставили свои выдающиеся произведения на века. Жизнь поэта имеет предел, художественная жизнь его произведений – безгранична. Замечательные произведения, оставленные нам историей, омыли души китайских литераторов, сформировав их духовное пространство, а также привлекли внимание китаеведов многих

们尊重原作，追求译诗的忠实性和审美情趣，明确反对欧洲文化中心论，反对猎奇心理和居高临下的随意增删。20世纪50到70年代相继出现了一批有成就的俄语诗歌翻译家，如施图金、艾德林、瓦赫金、孟列夫、车连义、巴斯曼诺夫。有些诗人跟汉学家合作，也参与到翻译中国古诗的行列里来，阿赫玛托娃、吉托维奇、阿达利斯是其中的佼佼者。他们都为中国诗歌在俄罗斯的传播做出了贡献。

自1991年苏联解体以来，计划经济转变为市场经济，出版社由私人经营，经济利益摆在首位，诗歌译本的出版陷入困境。鲍里斯·梅谢里雅科夫翻译的《千家诗》只能放在个人网站上推出。谢尔盖·托罗普采夫花费数年心血译的《李白诗500首》不得不自费出版，印数仅有区区500册。这跟20世纪50至60年代诗集俄译本印数动辄两三万册形成了鲜明对比。

中国和俄罗斯是友好邻邦。进入21世纪以来，两国商业贸易逐步发展，文化交流日益频繁。俄罗斯开设汉语专业的大学有170多所，学生3万多人。中国开设俄语专业的大学接近150所，学生超过2万人。他们是中国文化、中国文学和诗歌潜在的读者。两国的学者有责任为他们提供汉俄对照的诗歌读本。

中俄两国学者合作编选翻译诗歌，优势互补，有利于提高翻译质量，翻译当代诗歌，有利于联系版权，让优秀的诗歌作品，跨越民族疆界和语言阻碍，得到更广泛的流传。作品—翻译—出版—读者，是相互连接、密不可分的链条，任何环节出现阻碍，诗歌译本就难以跟读者见面。

从2011年开始，我跟俄罗斯汉学家谢尔盖·托罗普采夫、鲍里斯·梅谢里雅科夫、诗人阿列克谢·菲利莫诺夫、乌克兰学者娜塔莉娅·切尔内什等建立了联系，合作翻译诗歌。起初选译中国当代诗，后来也合作编选翻译古代诗词。2015年得到天津大学出版社支持，《汉俄对照中国诗歌系列》丛书立项。2017年有幸列入“十三五”国家重点图书出版规划，并得到国家出版基金资助，使梦想有望成真。

诗歌翻译需要对读，就是对照原作，阅读译本，这有利于对原作的理解和欣赏。对读的第二层含义，就是对照原作，阅读同一首诗的不同译本，在对比中发现得失优劣，提高诗歌的鉴赏力和文化素养。本丛书是面向学习俄语的中国大学生、研究生，俄罗斯攻读汉语的大学生、研究生而作，

стран, и с 18 века за рубежом стали появляться переводы на иностранные языки, сделав китайскую поэзию общим культурным достоянием народов мира.

Российский китаевед академик Василий Васильев еще в 1880 году в «Очерке истории китайской литературы» поставил имена Сыма Сянжу, Ду Фу, Ли Тайбо и Су Дунпо рядом с Пушкиным. Другой китаевед академик Василий Алексеев предложил своему ученику Ю.Щуцкому переводить танские стихи, и в 1923 г. они издали «Антология китайской лирики Ⅷ - Ⅸ вв. По Р. Хр.». В предисловии к этому сборнику В.Алексеев акцентировал такие переводческие принципы, как научно-художественный перевод и соответствие русской стопы китайскому ладу.

Академик Алексеев был большим эрудитом, имел широкие познания китайской литературы и в 1920 году предложил программу перевода китайской классики, так что перевод китайской поэзии российскими китаеведами обрел системность. Правдивость и эстетичность как принятые ими базовые принципы четко противостояли европейским культуроцентричным теориям, психологическим вывертам и широко распространенным произвольным искажениям текста. С 1950-х по 1970-е годы в России появилась плеяда успешных китаеведов, занимавшихся поэтическим переводом, - Штукин, Эйдлин, Вахтин, Меньшиков, Черкасский, Басманов. Такие поэты, как Ахматова, Гитович, Адалис, переводили древние китайские стихи по подстрочникам, сделанным для них китаеведами. Все они внесли большой вклад в популяризацию китайской поэзии в России.

После распада Советского Союза в 1991 году плановая экономика в России заменилась рыночной, издательства превратились в частные, главенствующее место заняла экономическая прибыль, и в процессе публикации поэтических переводов появились трудности. Борис Мещеряков смог поместить переведенные им «Стихи тысячи поэтов» лишь в интернете. Сергей Торопцев вынужден был вложить собственные средства в издание много лет с огромным напряжением переводившихся им «Ли Бо. 500 стихотворений», тиражом всего 500 экземпляров. Это несопоставимо с 20-30-тысячными тиражами русских переводов 1950-1960-х годов.

Между Китаем и Россией, друзьями-соседями, вошедшими в 21 век, развиваются торговые отношения, расцветает культурный обмен. В 170 с лишним высших учебных заведениях с преподаванием китайского языка занимаются более 30 тысяч студентов. В почти 150 аналогичных учебных заведениях с русским языком в Китае занимаются свыше 20 тысяч студентов. Все они – потенциальные потребители китайской культуры, китайской литературы и поэзии. Ученые наших двух стран обязаны предоставить им китайско-русские хрестоматии с параллельными текстами.

Сотрудничество и взаимопомощь китайских и российских ученых в отборе и переводе стихотворений способствует повышению качества

充分相信他们的阅读能力，不作过于繁琐的注释，只对生僻汉字加注读音，对人名、典故给予简明扼要的解说。读本附有诗人画像和小传，做到图文并茂。

在这里，我由衷感谢历代诗人为我们留下了大量的名篇杰作，感谢当代诗人的创作，感谢真诚合作的俄罗斯朋友、汉学家和诗人，感谢天津大学出版社社长张树俊先生和编辑姚卫东先生，更要感谢国家批准立项并给予资金扶持，感谢未来热爱诗歌的读者。

限于时间、精力，原文和译作中难免存在疏忽错讹，诚恳期待专家和读者的批评指正。

2017 年 8 月 20 日

于南开大学龙兴里

перевода; при переводе современной поэзии это облегчает урегулирование авторских прав, предоставляя возможность лучшим произведениям преодолевать барьеры национальных границ и языков ради как можно более широкого распространения. Произведение – перевод – издание – читатель: это тесно связанные, неразделимые звенья одной цепи, и препятствия в одном из звеньев затрудняют встречу поэтического перевода с читателем.

Начиная с 2011 года, у меня установились контакты с российскими китаеведами Сергеем Торопцевым, Борисом Мещеряковым, поэтом Алексеем Филимоновым, украинским ученым Натальей Черныш в совместном переводе поэзии. Мы начали с китайской современной поэзии, затем перешли к переводу древней поэзии. В 2015 году при поддержке издательства Тяньцзиньского университета мы подали заявку на серию «Поэзия Китая, Хрестоматия с параллельными китайско-русскими текстами», нам посчастливилось войти в «Государственный план изданий 13-й пятилетки» и получить поддержку Государственного издательского фонда, что сделало наши мечты явью.

Поэтический перевод нуждается в контроле, и чтение перевода параллельно с оригиналом способствует лучшему пониманию оригинала и наслаждению им. Дополнительный смысл параллельного чтения в том, что оно дает возможность несколько иного, по сравнению с переводом, понимания оригинала, открывает в процессе сопоставления текстов какие-то упущения, укрепляет эстетический и культурный слои произведения. Главная цель данной серии хрестоматий в том, чтобы помочь китайским студентам и аспирантам, изучающим русский язык, и российским студентам и аспирантам, специализирующимся на изучении китайского языка, поверить в свои способности к чтению текстов, поэтому мы отказались от сложных комментариев, сосредоточившись на разъяснении произношения редких иероглифов, имен, толковании крылатых слов. Хрестоматии снабжены изображениями и краткими биографиями поэтов.

Здесь мне хотелось бы выразить благодарность поэтам прошлого за оставленные нам замечательные произведения, поэтам, творящим сегодня, российским друзьям, китаеведам и поэтам, за искреннее сотрудничество, директору издательства Тяньцзиньского университета господину Чжан Шуцзюню и редактору господину Яо Вэйдуну, тем более выразить благодарность Государственному фонду, утвердившему нашу заявку и поддержавшему нас, и будущим читателям-любителям поэзии.

С открытым сердцем мы примем замечания специалистов и читателей, корректировку ошибок и небрежностей в оригиналах и переводах, неизбежных в силу ограничений во времени и в наших возможностях.

Написано 20.8.2017 г.
в Лунсинли, Нанькайский университет

《李白诗读本》序

薛天玮[1]

俄罗斯科学院远东研究所资深研究员谢尔盖•托罗普采夫选译的汉俄对照《李白诗读本》即将出版，嘱我为序。我想，这有两个原因：一是我们结识很早，是多年的老朋友；二是我长期研究李白，谢公[2]也长期致力于李白诗歌的俄译，“李白”是我们的共同话题。然而，我并不懂俄语，虽然青年时代读高中和大学时学过数年俄语，但学了不用，早就遗忘殆尽。因此，我只能就我们之间的交谊及《李白诗读本》在选诗方面的特点，写下自己的一点感受。

我与谢公结识甚早，我们曾在北京、江油、马鞍山等地多次相见，平日通过网络也有电子邮件沟通。谢公能熟练地用汉语对话，所以，每次交流都有收获。2010 年，我随中国唐代文学学会会长、复旦大学陈尚君教授率领的一个访问团前往圣彼得堡大学参加关于“东方学”的学术会议，谢公携夫人也出席了这次会议，我们得以相聚。这是我记忆中距今最近的一次见面。更值得记述的，是谢公与我的老师安旗先生的交往。安旗先生是我在西北大学读研究生时的导师。正是在安旗先生引导下，我走上了研究李白的学术之路。1990 年，安旗先生主编的《李白全集编年注释》由成都巴蜀书社出版，我是四人编写组的成员之一。2000 年，此书又出了新版。2002 年 10 月，谢公来北京出差，觅购此书而未得，回国后即给安旗先生写信求助。安旗先生深为感动，便将手头仅余的一套书寄给了谢公。2007 年秋，谢公欲实地考察李白诗中写到的玉真公主别馆，专程到西安。安旗先生前往陕西省宾馆与谢公相见，交换著作，畅谈李白，彼此留下了美好记忆。安旗先生今已 92 岁高龄，我想，她如果获知谢公新的译著出版，一定十分欣慰。我撰写这篇小序，也算是代表了安旗师的一份心意。

我仔细揣摩《李白诗读本》的目录，觉得选目突出体现了两个主题：一是赞美自然山水，二是抒写个人情怀。所选诗篇既有《望庐山瀑布水》（日照香炉）、《望天门山》、《静夜思》、《黄鹤楼送孟浩然之广陵》、《独坐敬亭山》、《赠汪伦》、《早发白帝城》、《月下独酌》（花间一壶酒）、《登金陵凤凰台》、《宣州谢朓楼饯别校书叔云》等广

Предисловие

Сюэ Тянь-вэй[1]

Меня попросили написать предисловие к китайско-русской хрестоматии «Стихотворения Ли Бо хрестоматия», составленной и переведенной главным научным сотрудником Института Дальнего Востока Российской Академии наук Сергеем Торопцевым. Я подумал, что причин может быть две: во-первых, мы давние знакомцы, старые друзья; во-вторых, я в течение длительного периода изучаю Ли Бо, а Се-гун[2] давно и напряженно переводит поэзию Ли Бо на русский язык, так что «Ли Бо» у нас с ним – общая тема. И все же, русского языка я не знаю, хотя в молодые годы несколько лет учил в старших классах школы и в университете, но безрезультатно, и все уже подзабыл. Так что я могу лишь обозначить свое впечатление от наших дружеских связей и от состава сборника «Стихотворения Ли Бо хрестоматия».

С Се-гуном я познакомился давно, мы встречались неоднократно в Пекине, Цзянъю, Мааньшане, переписывались по электронной почте в интернете. Се-гун достаточно свободно говорит по-китайски, так что наши встречи были весьма плодотворными. В 2010 году я в составе делегации, возглавлявшейся председателем Китайского общества литературы династии Тан, профессором Фуданьского университета Чэнь Шан-цзюнем, участвовал в востоковедческой конференции в Санкт-Петербургском университете, а Се-гун с женой тоже участвовали в конференции, и наша встреча осталась в моей памяти как наиболее близкая. Но еще более стоит вспомнить контакты Се-гуна с моим старым учителем профессором Ань Ци. Она была моим наставником в аспирантуре Северо-западного университета, и именно она привела меня на путь исследований творчества Ли Бо. Я стал членом группы из четырех составителей «Полного комментированного собрания произведений Ли Бо по хронологии», выпущенного в 1990 году в Чэнду издательством Башу по редакцией профессора Ань Ци. В 2000 году книга была переиздана. В октябре 2002 года Се-гун был в Пекине, искал в магазинах эту книгу, но не нашел и по возвращении написал уважаемой Ань Ци письмо с просьбой помочь ему. Она была тронута и тут же послала ему книгу с собственноручной надписью. А когда осенью 2007 года Се-гун специально приехал в Сиань, чтобы посетить резиденцию принцессы Юйчжэнь, о которой писал Ли Бо, профессор Ань Ци приехала в гостиницу для встречи с Се-гуном, чтобы обсудить исследовательские работы, поговорить о Ли Бо, и у обоих эта встреча закрепилась в памяти. Сейчас уважаемой Ань Ци 92 года. Я думаю, она с радостью воспримет сообщение об этой новой работе Се-гуна, и я пишу к ней предисловие, как бы осуществляя желание учителя Ань Ци.

Я тщательно просмотрел оглавление сборника «Стихотворения Ли Бо хрестоматия» и почувствовал, что там отчетливо обозначены две ведущие

为传诵的名篇，也有如《幽涧泉》、《杜陵绝句》、《待酒不至》、《宿清溪主人》、《游谢氏山亭》等一般读者未必熟悉的作品。流贯于这些诗篇之中的血脉，或者说统摄这些诗篇的灵魂，是人性之美。首先，人是自然之人，亲近自然山水乃是出于人的本性。试想，有个夜晚，你住宿的地方“檐楹挂星斗，枕席响风水”（《宿清溪主人》），在这样的环境中，你的心情会是何等舒畅！同时，人又是社会之人，人从事一定的社会工作，天天与他人交往，必定产生喜怒哀乐之情，这同样出于人的本性。比如，你在现实生活中感到了压抑和不快，这时，你大声喊出“弃我去者，昨日之日不可留；乱我心者，今日之日多烦忧”（《宣州谢朓楼饯别校书叔云》）的诗句，一定会感到压力释放的痛快。李白诗歌的终极价值，就是表达了人性，张扬了人性。人性是永恒的，是超越时间与空间、超越国界与民族的。谢公选译了李白的一百首诗歌，这些诗歌一定会得到俄罗斯人民的认同和喜爱。作为李白诗歌的研究者，我谨对谢公表示衷心的感谢！

是为序。

2017 年 7 月 5 日于北京

① 薛天玮，1942 年出生，中国人民大学特聘教授，2005 至 2013 年任中国李白研究会会长。

② 谢公，谢尔盖·托罗普采夫先生的汉语名字。

темы: во-первых, восхищение пейзажем, природой, во-вторых, прорисовка чувств индивида. В книге есть такие общепризнанные выдающиеся произведения, как «Смотрю на водопад в горах Лушань» («Над Жаровнею курится сизый дым»), «Взираю на горы Врат Небесных», «Грезы тихой ночи», «У башни Желтого Журавля провожаю Мэн Хаожаня в Гуанлин», «Одиноко сижу на склоне Цзинтин», «Ван Луню», «Спозаранку выезжаю из города Бади», «В одиночестве пью под луной» («Среди цветов стоит кувшин вина»), «На террасе Фениксов в Цзиньлине», «За прощальным вином на башне Се Тяо в Сюаньчэне напеваю стихи дяде Хуа, текстологу», есть и такие не слишком хорошо знакомые читателям стихотворения, как, «Ручей во тьме», «Короткое стихотворение о кургане Дулин», «Жду не дождусь вина», «Ночую в доме у Чистого ручья», «Прихожу к беседке господина Се». Кровь, пульсирующая в этих стихах, или, можно сказать, душа, ведущая эти стихи, - это все самое прекрасное человеческой сущности.

Прежде всего, человек есть человек естественный, и тяготение к горам и рекам природы проистекает из его человеческой натуры. Представьте себе, что вы проводите ночь в доме, где «висела над стрехой звезда моя, / ручей шумел, и ветер завывал» («Ночую в доме у Чистого ручья»), и как же вольготно вашим чувствам в таком месте! В то же время человек есть человек общественный, люди ведут определенную социальную деятельность, ежедневно контактируют с другими людьми, возбуждая радостные и печальные душевные эмоции, и это тоже проистекает из человеческой натуры. Но вот если в текущей жизни вас вдруг посетит какая-то гнетущая и безрадостная эмоция и вы воскликнете «Что ушло – то ушло, / День вчерашний покинул нас. / А душе тяжело / От тревог, что волнуют сейчас» («За прощальным вином на башне Се Тяо в Сюаньчэне напеваю дяде Хуа, текстологу»), - вы непременно ощутите радость освобождения от этого гнета.

В конечном счете, высшая ценность поэзии Ли Бо заключается в выражении человеческой природы, воспевании человеческой природы. Человеческая сущность неуничтожима, она вне времени и пространства, вне государственных границ и наций. Сто стихотворений Ли Бо, отобранных и переведенных Се-гуном, непременно встретят признание и любовь людей в России. И я как исследователь поэзии Ли Бо выражаю Се-гуну свою искреннюю признательность! Вот об этом и предисловие.

Пекин, 5.7.2017 г.

1. *Проф. Сюэ Тянь-вэй, 1942 г.р., в 2005-2013 гг. был председателем Китайского общества изучения Ли Бо.*
2. *Се-гун: китайский псевдоним С.Торопцева (так Ли Бо называл своего любимого поэта 5 в. Се Тяо; «Се» - первый слог имени Сергей).*

目录

СОДЕРЖАНИЕ

目录

СОДЕРЖАНИЕ

目录

СОДЕРЖАНИЕ

汉俄对照中国诗歌系列

李白诗读本

萤火

雨打灯难灭，
风吹色更明。
若飞天上去，
定作月边星。

715

Огонёк светлячка

И дождик не погасит огонёк,
А на ветру он светится сильней.
А если бы взлететь на небо смог,
То звёздочкою стал бы при луне.

715

望庐山瀑布水二首

其二

日照香炉生紫烟，
遥看瀑布挂前川。
飞流直下三千尺，
疑是银河落九天。

725

Смотрю на водопад в горах Лушань[1] (из цикла)

2

Над Жаровнею[2] курится сизый дым,
В отдалении висит поток воды,
Словно звёздной серебристою рекой
Низвергается он с горней высоты.

725

1. Гора на территории совр. пров. Цзянси.
2. Жаровня: одна из вершин горы Лушань.

望天门山

天门中断楚江开，
碧水东流至此回。
两岸青山相对出，
孤帆一片日边来。

725

Взираю на горы Врат Небесных[1]

Отверзли воды Чу Небесные врата,
Лазурь бежит к востоку, крутится устало.
Мой одинокий парус – тонкая черта –
Стремит с восхода к поднимающимся скалам.

725

1. Две горы напротив друг друга по берегам Янцзы в юго-западной части уезда Данту (пров.Аньхуэй) на территории древнего княжества Чу.

夜下征虏亭

船下广陵去，
月明征虏亭。
山花如绣颊，
江火似流萤。

726

Ночью подплываю к беседке Чжэнлу[1]

Влечет река к Янчжоу наши лодки,
Светла в ночи беседка у реки.
Цветы в горах – что щёчки у красотки,
Рыбачьи огоньки – что светляки.

726

1. В г. Цзиньлин (совр. Нанкин), а г. Янчжоу – ниже по течению.

渌水曲

渌水明秋日，
南湖采白蘋[1]。
荷花娇欲语，
愁杀荡舟人。

726

① 白蘋（bái pín），又名“水蘋”。夏末秋初开花，花色洁白。

Мелодия прозрачной воды

Чиста струя, и день осенний ясен,
Срывает дева белые цветки.
А лотос что-то молвит… Он прекрасен
И тем лишь прибавляет ей тоски.

726

估客行

海客乘天风，
将船远行役。
譬如云中鸟，
一去无踪迹。

726

Песня о торговом госте

Попутный ветер взял наш гость морской,
И в дальний край отправились суда.
Так птица, облаков пронзая слой,
Исчезнет – ни приметы, ни следа.

726

山中问答

问余何意栖碧山，
笑而不答心自闲。
桃花流水窅然[1]去，
别有天地非人间。

727

① 窅然（yǎo rán），深远样子。

В горах отвечаю на вопрос

«Что в глуби гор, скажите, Вас влечёт?» –
Лишь усмехнулся, и в душе покой:
Цвет персика здесь по ручью плывёт,
Нет суетных людей, и мир – иной.

727

静夜思

床前明月光，
疑是地上霜。
举头望明月，
低头思故乡。

727

Грёзы тихой ночи

Пятно луны светло легло у ложа –
Иль это иней осени, быть может?
Взгляну наверх – там ясная луна,
А вниз – и мнится край, где юность прожил.

727

黄鹤楼送孟浩然之广陵

故人西辞黄鹤楼，
烟花三月下扬州。
孤帆远影碧空尽，
唯见长江天际流。

728

У башни Жёлтого журавля[1] провожаю Мэн Хаожаня[2] в Гуанлин[3]

Простившись с башней Журавлиной, к Гуанлину
Плывёт мой старый друг сквозь дымку лепестков,
В лазури сирый парус тает белым клином,
И лишь Река[4] стремит за кромку облаков.

728

1. *У Змеиной горы (Шэшань) около реки Янцзы на территории совр г.Ухань, пров.Хубэй.*
2. *Мэн Хаожань: знаменитый поэт (689-740).*
3. *Гуанлин: др. назв. Янчжоу.*
4. *Янцзы.*

春归终南山松龛旧隐

我来南山阳，
事事不异昔。
却寻溪中水，
还望岩下石。
蔷薇缘东窗，
女萝绕北壁。
别来能几日，
草木长数尺。
且复命酒樽，
独酌陶永夕。

731

Весной возвращаюсь к алтарю в соснах[1] на горе Чжуннань[2], где когда-то отшельничал

На южный склон Чжуннань вернулся я.
Как будто ничего и не менялось:
Всё те же струи прежнего ручья,
Всё те же камни прислонились к скалам,
Окно с востока – в розовых цветах,
На северной стене лиан так много…
Как долго я не приходил сюда!
Уже деревья выросли высоко…
Но прежде я вина подать велю –
Ночь проведу один и во хмелю.

731

1. Алтарь в соснах: место на горе, где Ли Бо отшельничал.
2. Гора с даоскими монастырями на территории совр. пров.Шэньси.

幽涧泉

拂彼白石，
弹吾素琴。
幽涧愀兮流泉深，
善手明徽高张清。
心寂历似千古，
松飕飗[1]兮万寻。
中见愁猿吊影而危处兮，
叫秋木而长吟。
客有哀时失职而听者，
泪淋浪以沾襟。
乃缉商缀羽，
潺湲成音。
吾但写声发情于妙指，
殊不知此曲之古今。
幽涧泉，
鸣深林。

731

① 飕飗（sōu liú），风声。

Ручей во тьме

Я белый камень отряхну,
Возьму свой *цинь*[1] простой.
Ручей во тьме тревожит тишину,
Созвучную с изысканной струной.
Душа молчит, как в девственных Истоках[2] ,
Гуляет ветер по сосне высокой,
И грустный обезьян, повиснув под скалой,
Осенний испускает тяжкий вой.
Мой гость унывный внемлет мне в печали,
Рукав смочив невольною слезой,
А звуки *циня* всё взлетали,
Сливаясь с плачущей водой.
В бегущих пальцах воплотилась страсть моя.
Песнь родилась в сей миг – или в самих Истоках?
Как этот тихий плач ручья,
Во тьме звучащий одиноко.

731

1. *Струнный музыкальный инструмент; Ли Бо был большим мастером игры на цинь.*
2. *Мифологическое начало времен.*

春日游罗敷潭

行歌入谷口，
路尽无人跻[1]。
攀崖度绝壑，
弄水寻回溪。
云从石上起，
客到花间迷。
淹留未尽兴，
日落群峰西。

731

①跻（jī），攀登，上升。

Весенним днём прихожу к омуту в ущелье Лофу[1]

В теснине гор я песню напевал,
Прервались тропы, дальше – нет людей.
Миную пади и отвесы скал,
Слежу, как резво плещется ручей.
Над камнями курятся облака,
Пришелец очарованный, в цветах
Исполнен вдохновения, пока
Садится солнце на закат в горах.

731

1. В совр. пров.Хэбэй.

游南阳清泠泉

惜彼落日暮，
爱此寒泉清。
西辉逐流水，
荡漾游子情。
空歌望云月，
曲尽长松声。

732

Бреду вдоль наньянского Чистого ручья[1]

Мне дорого закатное светило
И сей родник холодной чистоты.
Закат дрожит в течении воды.
Так трепетной душе всё это мило!
Пою восходу облачной луны.
А смолкну – слышу вечный глас сосны.

732

1. Родник у г.Наньян, пров. Хэнань.

春夜洛城[1]闻笛

谁家玉笛暗飞声，
散入春风满洛城。
此夜曲中闻折柳，
何人不起故园情！

732

①洛城，今河南洛阳，在长安东边，唐代称东都。

Весенней ночью в Лояне[1] слушаю флейту

Голос флейты из лоянской мглы
В ветерке весеннем вдруг поплыл.
Это «Ветви ив»[2] – напев, знакомый
По садам оставленного дома.

732

1. Город на территории совр. пров. Хэнань восточнее Чанъаня, с древности считался Восточной столицей

2. Южная народная песня.

寄远十一首

其五

远忆巫山阳，
花明绿江暖。
踌躇未得往，
泪向南云满。
春风复无情，
吹我梦魂断。
不见眼中人，
天长音信短。

732

Моей далёкой (из цикла)

5

И гора Колдовская, и тёплые реки,
И цветы, осиянные солнцем, – лишь грёзы.
Я не в силах отсюда куда-то уехать,
Облачка, унесите на юг мои слёзы.
Ах, как холоден ветер весны этой ранней,
Разрушает мечты мои снова и снова.
Ту, что вижу я сердцем, – не вижу глазами,
И в безбрежности неба теряются зовы.

732

山中与幽人对酌

两人对酌山花开，
一杯一杯复一杯。
我醉欲眠卿且去，
明朝有意抱琴来。

733

С Постигшим истину[1] пьём в горах

Мы пьём с тобой в горах среди цветов:
Фиал вина, ещё, ещё один...
Иди к себе, а я уж спать готов,
Вернёшься завтра, взяв певучий *цинь*.

733

1. Одно из наименований даоских отшельников.

待酒不至

玉壶系青丝，
沽酒来何迟。
山花向我笑，
正好衔杯时。
晚酌东窗下，
流莺复在兹。
春风与醉客，
今日乃相宜。

733

Жду не дождусь вина

Кувшинчик с шелковистой лентой чёрной
Давай-ка, парень, принеси скорей.
Кивают мне цветы со склонов горных –
Настало время чаше быть полней.
Так выпью у окна в закатном свете,
Ко мне заглянет иволга опять.
Хмельной гуляка и весенний ветер –
Друг другу мы окажемся подстать.

733

自遣

对酒不觉暝，
落花盈我衣。
醉起步溪月，
鸟还人亦稀。

733

Разгоняю грусть

Чт***о*** мрак ночной, когда вино со мной,
Когда я весь – в опавших лепестках!
Я по луне в ручье бреду, хмельной…
Ни в небе птиц, ни путников в горах.

733

江夏送张丞

欲别心不忍，
临行情更亲。
酒倾无限月，
客醉几重春。
藉草依流水，
攀花赠远人。
送君从此去，
回首泣迷津。

734

В Цзянся провожаю Чжан Чэна

Пора прощаться, и душа болит,
Чем ближе час, тем мы друг другу ближе,
Так сдвинем чаши, в них луна блестит,
Мой странник пьян в ночной весенней тиши.
Плывёт вода у самых наших ног,
Возьми цветов в дорогу понемногу,
Вот и пришёл разлуки нашей срок,
Смахну слезу на мглистую дорогу.

734

江夏送友人

雪点翠云裘，
送君黄鹤楼。
黄鹤振玉羽，
西飞帝王州。
凤无琅玕①实，
何以赠远游。
徘徊相顾影，
泪下汉江流。

734

① 琅玕（láng gān），中国神话传说中的仙树，其果实如珠玉。

В Цзянся провожаю друга

Тучи сизые бросают хлопья снега
К Башне Журавля[1] . Там суждено проститься.
Полетит Журавль[2] до западного неба
На крылах своих нефритовых в столицу.
Что тебя в пути поддержит этом?
Ведь плодов жемчужных Фениксу не дали[3]!
Я бреду за уходящим силуэтом
И роняю в реку Хань[4] слезу печали.

734

1. *По преданию, с башни Жёлтого журавля вознёсся на журавле в небо святой Фэй И; здесь же Ли Бо прощался и с Мэн Хаожанем.*
2. *Сакральная птица, возносящая святых в небо; здесь это – метоним друга.*
3. *Мифический Феникс питается жемчужными плодами с яшмового древа на горе Куньлунь; здесь в подтексте – недооценка государем таких высокоблагородных людей, как сам Ли Бо.*
4. *Река у совр. города Ухань в пров. Хубэй.*

观放白鹰二首

其一

八月边风高，
胡鹰白锦毛。
孤飞一片雪，
百里见秋毫。

735

Слежу за выпущенным на волю белым орлом (из цикла)

1

Осенний день, река, ветрило взвыл,
И сизые крыла орёл раскрыл.
Паря снежинкой сирой в вышине,
Он мелких птах за сотню *ли* узрил.

735

送友人

青山横北郭，
白水绕东城。
此地一为别，
孤蓬万里征。
浮云游子意，
落日故人情。
挥手自兹去，
萧萧班马鸣。

738

Прощание с другом

На севере – зелёных гор стена,
К востоку – светлых рек двойной разлив.
Здесь нам с тобой разлука суждена,
Твой сирый парус скроется вдали.
Летучей тучкой растворится друг,
И грусть заката обоймёт меня.
А на прощанье – лишь отмашка рук
Да жалобное ржание коня.

738

夜泊牛渚①怀古

牛渚西江夜，
青天无片云。
登舟望秋月，
空忆谢将军②。
余亦能高咏，
斯人不可闻。
明朝挂帆席，
枫叶落纷纷。

739

① 牛渚（niú zhǔ），位于今安徽马鞍山采石镇。
② 谢将军，东晋谢尚（308—357）。

Ночью у горы Нючжу[1] думаю о былом

Над Западной рекой навис утёс,
Все тучки улетели на покой.
О генерале Се[2] я вспомнил здесь,
Любуясь рассиянною луной.
И я бы мог свои стихи читать,
Да только их уж не услышит он…
Когда я утром парус подниму,
Прощальною листвой махнёт мне клён.

739

1. *Гора над Янцзы близ г.Данту, совр. пров. Аньхуэй; этот её отрезок именовался Западной рекой.*
2. *В эпоху Цзинь (I-V вв.) военачальник Се Шан услышал ночью, как кто-то декламирует прекрасные стихи с лодки на реке Янцзы у горы. Это был тогда ещё никому не ведомый Юань Хун. Генерал восхитился талантом поэта и помог ему обрести известность.*

客中作

兰陵美酒郁金香，
玉碗盛来琥珀光。
但使主人能醉客，
不知何处是他乡。

740

В гостях

Славный дух ланьлинского вина,
В яшмовых бокалах блеск янтарный.
Напои, хозяин, до пьяна –
Позабыть, что здесь я – только странник.

740

清平调词三首

其一

云想衣裳花想容，
春风拂槛露华浓。
若非群玉山头见，
会向瑶台月下逢。

其二

一枝红艳露凝香，
云雨巫山枉断肠。
借问汉宫谁得似？
可怜飞燕倚新妆。

其三

名花倾国两相欢，
长得君王带笑看。
解释春风无限恨，
沉香亭北倚栏干。

743

Чистые, ровные мелодии[1]

1

Твой лик – цветок, а платье – облака,
Росой омыта красота цветка.
На Яшмов пик, Нефритовый балкон
Спешит к тебе луна издалека.

2

Роса усилит дивный аромат,
И фее сна уж государь не рад.
Чт***о*** пред тобою ханьская Фэйянь[2]?
Её краса – румяна да наряд.

3

Цветок весны прекрасной деве мил,
Ему и государь благоволил.
Весенний ветр печали разогнал
В Душистом павильоне[3] у перил.

743

1. *Стихи, написанные для императорской наложницы Ян Гуйфэй, которая сравнивается с прекрасной феей, и отсюда – мифологические топонимы Яшмов пик, Нефритовый балкон.*
2. *Прекрасная наложница императора Чэн-ди (I в до н.э.).*
3. *Архитектурное сооружение в императорском дворце в Чанъани.*

古风

其三十九

登高望四海，
天地何漫漫。
霜被群物秋，
风飘大荒寒。
荣华东流水，
万事皆波澜。
白日掩徂辉[1]，
浮云无定端。
梧桐巢燕雀，
枳棘栖鸳鸾。
且复归去来，
剑歌行路难。

743

① 徂辉（cú huī），逝去的光辉。

Дух старины (из цикла)

39

Взойди на гору, посмотри окрест –
Твой взгляд просторы мира не окинет.
Всё скрыл холодный иней, пав с небес,
Осенний ветер бродит по пустыне.
Краса цветов уходит, как поток,
Весь мир вещей плывёт волной бегучей,
Ещё сияет солнце, но потом
Угаснет в неостановимой туче.
Платан обсижен стаей мелких птах,
А Фениксам остался куст убогий[1]...
Ну, что ж, мечом постукивая в такт,
Уйду я в горы... Так трудны дороги!

743

1. Распространённая в поэзии горечь от несправедливого приближения к государю ничтожных людишек и недооценки высокоблагородных людей.

玉阶怨

玉阶生白露，
夜久侵罗袜。
却下水晶帘，
玲珑望秋月。

743

Печаль на яшмовом крыльце

За***и***ндевело яшмово крыльцо,
Чулок ночная влажность захватила.
Под звень хрустальный полога лицо
Вновь обращу к осеннему светилу.

743

杜陵绝句

南登杜陵上，
北望五陵间。
秋水明落日，
流光灭远山。

743

Короткое стихотворение о кургане Дулин[1]

Иду на юг, взбираясь на Дулин,
Смотрю на север, где между холмами
Закат уходит в горный серпантин,
Скользнув по водам бледными лучами.

743

1. Могильный курган близ совр. г. Сиань.

乌夜啼

黄云城边乌欲栖，
归飞哑哑枝上啼。
机中织锦秦川女，
碧纱如烟隔窗语。
停梭怅然忆远人，
独宿空房泪如雨。

743

Плачет в ночи ворона

Зловещие тучи над градом, ворона, устав,
Вернулась к гнездовью и каркает грустно в ветвях.
Так циньская пряха[1] за влажною шторой окна
Открыть свои чувства пытается в тихих словах.
Какая тут пряжа в пустом и холодном дому!
И слёзы о муже дождинками встали в глазах.

743

1. Древний образ жены, ожидающей мужа, проводя ночи за ткацким станком.

春思

燕草如碧丝，
秦桑低绿枝。
当君怀归日，
是妾断肠时。
春风不相识，
何事入罗帏？

743

Весеннее томление

У вас там травка уж видна,
Здесь шелковица зелена,
Вы, верно, вспомнили о том,
Что я тоскую тут, одна,
И под шёлк**о**вый полог мой
Лишь ветерком вошла весна.

743

月下独酌四首

其一

花间一壶酒，
独酌无相亲。
举杯邀明月，
对影成三人。
月既不解饮，
影徒随我身。
暂伴月将影，
行乐须及春。
我歌月徘徊，
我舞影零乱。
醒時同交欢，
醉后各分散。
永结无情游，
相期邈云汉。

744

В одиночестве пью под луной (из цикла)

1

Среди цветов стоит кувшин вина,
Я пью один, нет никого со мною.
Взмахну бокалом – приходи, луна!
Ведь с тенью нас и вовсе будет трое.
Луна, конечно, не умеет пить,
Тень лишь копирует мои движенья,
И всё-таки со мною разделить
Помогут мне весеннее броженье.
Луна шалеет от моих рулад,
А тень сбивают с ног мои коленца,
Пока мы пьём – друг другу каждый рад,
Упьёмся – наша тройка распадётся…
Ах, если бы, замкнув свои сердца,
Меж звёздных рек остаться до конца!

744

东鲁门泛舟二首

其一

日落沙明天倒开，
波摇石动水萦回。
轻舟泛月寻溪转，
疑是山阴雪后来。

其二

水作青龙盘石堤，
桃花夹岸鲁门西。
若教月下乘舟去，
何啻[1]风流到剡溪[2]。

745

① 何啻（hé chì），何异。
② 剡溪（shàn xī），位于浙江嵊州。

Плыву на лодке у Врат Восточного Лу[1]

1

Песчаный берег светел на закате,
И тучки, и луна дрожат в волне,
По ним мой чёлн водовороты катят.
Снежит… И Тень горы[2] примстилась мне.

2

Извив реки у дамбы – что дракон,
А персики – в цветах у Луских врат.
Когда луна влечет мой утлый чёлн –
Я вплоть до Шань не поверну назад!

745

1. Две горы на территории между г.Яньчжоу и г.Цюйфу (совр. пров. Шаньдун).
2. Намёк на непостоянство вдохновения; аллюзия к древнему событию у места, называвшегося Тень горы недалеко от г.Шаосин (совр. пров.Чжэцзян).

金乡送韦八之西京

客自长安来，
还归长安去。
狂风吹我心，
西挂咸阳树。
此情不可道，
此别何时遇？
望望不见君，
连山起烟雾。

745

В Цзиньсяне[1] провожаю Вэй Ба, уезжающего в Западную столицу

Я вас встречал из Вечного Покоя[2]
И провожаю снова в те края,
Куда к проулкам, спрятанным листвою,
Как буйный вихрь, летит душа моя.
Прощанья грусть сковала немота,
Сведёт ли вновь нас жизни колея?
Смотрю, смотрю... А даль уже пуста,
И над горой – тумана кисея.

745

1. Цзиньсян: город на территории совр. пров. Шаньдун.

2. Чанъань. Незадолго до того Ли Бо покинул столицу, но душой он всё ещё стремится туда.

古风

其九

庄周梦胡蝶，
胡蝶为庄周。
一体更变易，
万事良悠悠。
乃知蓬莱水，
复作清浅流。
青门种瓜人，
旧日东陵侯。
富贵故如此，
营营何所求。

745

Дух старины (из цикла)

9

Приснился раз Чжуану мотылёк[1],
Который сам Чжуаном стал при этом.
Коль он один так измениться смог,
Что говорить о тысячах предметов?
Вздымается Пэнлай[2] над зыбью вод,
Окажется потом на мелководье,
А бывший князь у Зелённых ворот
Выращивает тыквы в огороде[3].
В деньгах, почёте – постоянства нет.
К чему тогда вся суета сует?!

745

1. *Чжуан-цзы: философ даоского направления (4-3 вв. до н.э.).*
2. *Остров святых блаженных в мифологическом Восточном море.*
3. *Городские ворота древнего Чанъаня, за которыми огородники выращивали тыквы, и среди них - некий Шао Пин (3 в. до н.э.), до того бывший князем.*

拟古十二首

其九

生者为过客，
死者为归人。
天地一逆旅，
同悲万古尘。
月兔空捣药，
扶桑已成薪。
白骨寂无言，
青松岂知春。
前后更叹息，
浮荣安足珍？

745

Подражаю древним (из цикла)

9

Путником случайным мы живём,
В смерти лишь становимся собой.
Небо и земля – ночлежный дом,
Заметенный пылью вековой.
Бесполезно Зелье[1] на луне,
И Фусан[2] порубят на дрова,
Ствол стоит, не зная о весне,
Выцветшим костям нужны ль слова?
Мир исполнен вздохов был всегда.
Что ж нам даст мирская суета?!

745

1. *Зелье: даоский эликсир бесссмертия.*
2. *Фусан: мифическое древо, на ветвях которого проводит ночь солнце.*

沙丘[1]城下寄杜甫

我来竟何事？
高卧沙丘城。
城边有古树，
日夕连秋声。
鲁酒不可醉，
齐歌空复情。
思君若汶水，
浩荡寄南征。

746

① 沙丘，位于今山东兖州。

Из города у песчаных холмов[1] шлю Ду Фу[2]

Зачем же я опять сюда забрёл?
Забыть заботы у холмов песчаных?
Вон у стены какой-то старый ствол
Скрипит так по-осеннему печально.
От луских вин не просто опьянеть,
От песен Ци[3] душа не ждёт волненья.
Душа моя плывёт за Вами вслед
По бурным волнам в южном направленьи.

746

1. Песчаный карьер в Сяцю, административном центре Восточного Лу.
2. Великий поэт (712 – 770), друг Ли Бо.
3. Древние царства Лу и Ци на территории совр. пров.Шаньдун.

劳劳亭

天下伤心处，
劳劳送客亭。
春风知别苦，
不遣柳条青。

747

Павильон разлуки – Лаолао[1]

Нет в мире места горше для души,
Чем Лаолао – Павильон разлуки...
Весенний ветер знает наши муки
И ветви изумрудить не спешит!

747

1. До этого места к югу от Нанкина провожали уходящих гостей и дарили друг другу свежие ветви.

答湖州迦叶司马问白是何人

青莲居士谪仙人，
酒肆藏名三十春。
湖州司马何须问，
金粟如来是后身。

747

Отвечаю Цзяе, *сыма*[1] области Хучжоу, на вопрос, кто такой Ли Бо

Мудрец Цинляньский[2], сосланный святой,
Топил лет тридцать имя своё в спирте.
Зачем же задавать вопрос такой
Мне – воплощению Вималакирти[3]?

747

1. Помощник начальника области.

2. Самоназвание Ли Бо, связанное и с отчим краем, и с буддийским образом.

3. Герой популярной в Китае буддийской сутры – мирянин необыкновенной святости.

越中秋怀

越水绕碧山，
周回数千里。
乃是天镜中，
分明画相似。
爱此从冥搜，
永怀临湍游。
一为沧波客，
十见红蕖秋。
观涛壮天险，
望海令人愁。
路遐迫西照，
岁晚悲东流。
何必探禹穴，
逝将归蓬丘。
不然五湖上，
亦可乘扁舟。

747

Осенние мысли на землях Юэ

Юэских рек меж бирюзовых гор
Тысячевёрстое круженье линий –
Как будто в зеркале небесный взор,
Как будто это видишь на картине,
Таинственный мне люб сей полумрак,
Душа моя стремнин подобных просит.
От волн лазурных не уйти никак,
Мазнула лотос красной краской осень.
Для волн стремительных тут нет преград,
У моря мне тоскливо-одиноко,
Мой путь меня уводит на закат,
А уж года не те, пора к востоку[1].
Что мне могила Юя[2] среди гор?
Пусть уведёт меня к Пэнлаю путь мой.
Иль в нескончаемость Пяти озер
Направить, наконец-то, чёлн мой утлый?

747

1. *К мифическому Восточному морю, где находятся острова блаженных (Пэнлай и др.).*
2. *Мифический правитель Юй погиб на землях Юэ. Выражение означает «искать славы и почета».*

日出入行

日出东方隈[①]，
似从地底来。
历天又复入西海，
六龙所舍安在哉？
其始与终古不息，
人非元气，
安得与之久徘徊？
草不谢荣于春风，
木不怨落于秋天。
谁挥鞭策驱四运？
万物兴歇皆自然。
羲和[②]！羲和！
汝奚汩没于荒淫之波？
鲁阳[③]何德，
驻景挥戈？
逆道违天，
矫诬实多。
吾将囊括大块，
浩然与溟涬[④]同科。

747

① 隈（wēi），山水弯曲处。
② 羲和，传说中为日神驾车的人。
③ 鲁阳，春秋时期楚国的鲁阳公。他曾率楚军与韩国交战，战事激烈。日暮时分，鲁阳公对日挥戈，太阳为之倒返天空。鲁阳公因此得以继续战斗。
④ 溟涬（mǐng xìng），天体未形成前的浑然元气。

Песня о восходе и заходе солнца

Из Восточной Бездны Солнце всходит,
Словно из пучин земных бездонных,
В Бездну Запада уходит год за годом.
Где же ждут его все шесть Драконов?
Так пошло от самых древних правил,
Наш же век без Изначального Эфира[1] краток.
Дуновению весны не благодарны травы,
Разве к осени у листьев есть осадок?
Кто торопит вечный бег стихий?
Мир вещей влеком едино Естеством.
О, Сихэ! Сихэ!
Ты чьим велсньсм погружаешь солнце в бездну волн?
Что же с духом у Лу Яна стало,
Что остановил он ход светил[2]?
Кто-то против Неба, кто-то против Дао
Всё изветами такими жил.
Ну, а я сольюсь с Великим Комом[3],
Съединившись с Изначальным снова.

747

1. Первоначальное состояние мира, когда небо и земля ещё не были разделены.

2. Легендарный герой Лу Ян копьём остановил заходящее солнце, чтобы продолжить бой с врагами.

3. По даоской философии, неразрывное единение всего сущего.

登金陵凤凰台

凤凰台上凤凰游，
凤去台空江自流。
吴宫花草埋幽径，
晋代衣冠成古丘。
三山半落青天外，
一水中分白鹭洲。
总为浮云能蔽日，
长安不见使人愁。

747

На террасе Фениксов в Цзиньлине

Здесь было фениксам совсем неплохо.
Река течёт, а их уж не видать.
Дворец давно зарос чертополохом,
Покоится в курганах старых знать.
Поднялся остров Цапли над потоком,
Всё те же три горы[1] уходят вдаль...
Тускнеет солнце, коли туч так много,
Чанъань не вижу, и в душе печаль.

747

1. *Три горы на берегу Янцзы у Цзиньлина, по легенде, предупреждавшие о приближении врага.*

送陆判官往琵琶峡

水国秋风夜，
殊非远别时。
长安如梦里，
何日是归期？

747

Провожаю секретаря Лу в Долину лютни[1]

Осенний ветер. Ночь. Вода.
Былое скрылось навсегда.
Столица – давний сон, мечта…
Когда же я вернусь туда?!

747

1. Ущелье на территории совр. пров. Сычуань.

苏台[1]览古

旧苑荒台杨柳新，
菱歌清唱不胜春。
只今惟有西江月，
曾照吴王宫里人。

748

① 苏台，位于今江苏苏州姑苏山上。

С террасы Гусу[1] смотрю на руины

В руинах сад, дворец… Но в тополях – весна,
Поют, чилим срывая, девы спозаранку,
Лишь над рекою неизменная луна
Глядит на них, как прежде на пиры У-вана.

748

1. Руины древнего дворца на горе Гусу у г.Сучжоу, где устраивались пиры для императорской наложницы Сиши.

酬崔侍御

严陵[1]不从万乘游，
归卧空山钓碧流。
自是客星辞帝座，
元非太白醉扬州。

748

① 严陵，指严光，字子陵（前39—41），东汉著名隐士。

Протрезвев, отвечаю историографу Цую[1]

Цзылину[2] не нужны все эти колесницы,
Ушёл на склон пустой к лазурному ручью,
Звездой, но не Тайбо[3], исчезнув из столицы...
Теперь вот, «*сянь* хмельной»[4], – я здесь, в Янчжоу пью.

748

1. *Цуй Чэнфу, близкий друг Ли Бо.*
2. *Отшельник 1 в. н.э. Янь Цзылин.*
3. *Тайбо: название звезды, в честь которой Ли Бо и получил своё второе имя (Ли Тайбо); вместе с одноименной горой около Чанъаня они воспринимались как небесный и земной тотемы поэта.*
4. *Одно из распространенных прозваний Ли Бо.*

劳劳亭歌

金陵劳劳送客堂，
蔓草离离生道旁。
古情不尽东流水，
此地悲风愁白杨。
我乘素舸[1]同康乐[2]，
朗咏清川飞夜霜。
昔闻牛渚吟五章，
今来何谢袁家郎[3]？
苦竹寒声动秋月，
独宿空帘归梦长。

749

① 舸（gě），大船。
② 康乐，指谢灵运（385—433），袭封康乐公，东晋著名山水诗人。
③ 袁家郎，指袁宏（约 328—约 376），东晋文学家、史学家。

Песня о Павильоне разлуки – Лаолао

Павильон Лаолао печалью прощаний отмечен,
И вокруг буйнотравием сорным прикрыта земля.
Нескончаема горечь разлук, как поток этот вечный,
В этом месте трагичны ветра и скорбят тополя.
На челне непрокрашённом, как в селинъюневых строчках[1],
О снежинках над чистой рекой я всю ночь напевал.
Знаю, как у Нючжу Юань Хун декламировал ночью[2], –
А сегодня поэта услышит большой генерал?
Горький шёпот бамбука осеннюю тронет луну…
Я один, полог пуст, и печаль поверяю лишь сну.

749

1. Поэт Се Линъюнь (4–5 вв.).
2. См. сноску выше.

金陵城西楼月下吟

金陵夜寂凉风发，
独上高楼望吴越。
白云映水摇空城，
白露垂珠滴秋月。
月下沉吟久不归，
古来相接眼中稀。
解道“澄江净如练”，
令人长忆谢玄晖[1]。

749

① 谢玄晖，指谢朓（464—499），南朝齐杰出的山水诗人。

В «Западном тереме»[1] у Цзиньлинской стены под луной читаю стихи

В дуновении зябком цзиньлинская ночь затихает,
Я один, а вокруг – земли У и Юэ, земли грёз,
И плывут по реке облака и стена городская,
И на блики луны ниспадают жемчужинки рос.
Я луне напеваю, не в силах прервать эту ночку.
Как созвучную душу найти мне в минувших годах!
«Шелковиста вода»: стоит вспомнить одну только строчку –
И «во мраке мелькнувшего» Се[2] не забыть никогда.

749

1. Питейное заведение на горе Фучжоу над Янцзы под г.Цзиньлин.
2. Поэт Се Тяо (5 в).

庐山东林寺夜怀

我寻青莲宇，
独往谢城阙。
霜清东林钟，
水白虎溪月。
天香生虚空，
天乐鸣不歇。
宴坐寂不动，
大千入毫发。
湛然冥真心，
旷劫断出没。

750

Ночные раздумья в Дунлиньском монастыре на горе Лушань[1]

К Синему Лотосу[2] в необозримую высь,
Город оставив, пойду одинокой тропой,
Звон колокольный, как иней, прозрачен и чист,
Струи ручья – будто выбеленные луной.
Здесь неземным благовонием свечи чадят,
Здесь неземные мотивы не знают оков,
Я отрешаюсь от мира, в молчанье уйдя,
И принимаю в себя мириады миров.
Сердце, очистившись, времени путы прервёт,
Чтобы забыть навсегда и паденье, и взлёт[3].

750

1. *Знаменитая гора на терр. совр. пров. Цзянси. В 4 в. на её склоне был построен буддийский монастырь Дунлинь.*
2. *Это можно понимать и как буддийский космос (Синий лотос – образное обозначение глаз Будды), и как сам Дунлиньский монастырь,*
3. *Земную карму.*

寻阳紫极宫感秋作

何处闻秋声？
翛翛[①]北窗竹。
回薄万古心，
揽之不盈掬。
静坐观众妙，
浩然媚幽独。
白云南山来，
就我檐下宿。
懒从唐生[②]决，
羞访季主卜[③]。
四十九年非，
一往不可复。
野情转潇洒，
世道有翻覆。
陶令[④]归去来，
田家酒应熟。

750

① 翛翛（xiāo xiāo），形容风吹竹子发出的声音。
② 唐生，指唐举，战国时期有名的占卜者。
③ 季主卜，汉朝有名的占卜者。
④ 陶令，指陶渊明（365—427），东晋末著名诗人。

В Сюньянском монастыре Пурпурного предела[1] пишу, ощущая осень

Что-то осень мне тихонько шепчет
Шелестом бамбуков за окном.
Этот древний круг событий вечен,
Задержать бы… Да не нам дано.
Я замру, от этих тайн вкушая,
В беспредельность дух послать могу.
Тучка, от Чжуннани[2] пролетая,
Зацепилась за мою стреху.
Что сказать мне Тан-гадатель сможет?
Да и Цзичжу[3] не отыщет слов.
Сорок девять лет уже я прожил,
Знаю: то, что было, то ушло.
Необузданность моя уснула,
Да и мир иным уж стал давно,
Вот и Тао Цянь[4] домой вернулся,
И созрело доброе вино!

750

1. *Сюньян: город в Цзянси неподалеку от горы Лушань.*
2. *Гора недалеко от Чанъаня.*
3. *Гадальщики-физиогномисты разных периодов древности.*
4. *Великий поэт (365–427), ушедший со службы и написавший об этом программное стихотворение «Домой, к себе».*

横江词六首

其一

人道横江好，
侬道横江恶。
一风三日吹倒山，
白浪高于瓦官阁。

753

Стансы о переправе Хэнцзян (из цикла)

1

Кому-то – хороши просторы,
Ну, а по мне – здесь очень страшно:
Уж как задует – опрокидывает горы,
Валы седые – выше Вагуаньской башни[1].

753

1. Башня Вагуань: высилась над берегом Янцзы у переправы.

饯校书叔云

少年费白日，
歌笑矜朱颜。
不知忽已老，
喜见春风还。
惜别且为欢，
徘徊桃李间。
看花饮美酒，
听鸟临晴山。
向晚竹林寂，
无人空闭关。

753

Прощаясь, пьём с дядей Ли Юнем, сверщиком рукописей императорской библиотеки

В младые лета мы не ценим время,
Поём да пляшем людям напоказ.
Нежданно возраста нисходит бремя,
А ветр весны ещё не стих для нас.
Прощания возрадуемся грусти,
Побродим среди персиков и слив,
Цветов поярче и вина душистей,
И птиц, поющих в зелени долин.
А к ночи стихнут лес и птичье пенье,
Объемлет нас покой уединенья.

753

寄崔侍御

宛溪霜夜听猿愁，
去国长如不系舟。
独怜一雁飞南海，
却羡双溪解北流。
高人屡解陈蕃[①]榻，
过客难登谢朓楼。
此处别离同落叶，
朝朝分散敬亭[②]秋。

753

① 陈蕃（？—168），东汉名臣。
② 敬亭，指敬亭山，位于今安徽宣州。

Посылаю историографу Цую[1]

Воет мёрзлый гиббон над осенней Ваньси[2],
Я – отвязанный чёлн, потерявший причал,
Гусь, на юг полетевший, и жалок, и сир,
К рекам, текшим на север, он зависть питал.
Вы вставали с лежанки Чэнь Бо[3] много раз,
Мне ж до башни Се Тяо[4] дойти нелегко,
Раскидало, как листья осенние, нас,
И от склонов Цзинтин[5] мы уже далеко.

753

1. Цуй Чэнфу, близкий друг Ли Бо.
2. Река, берущая исток на юге уезда Сюаньчэн.
3. Традиционное выражение, означающее радушный приём гостя.
4. Поэт 5 в.
5. Гора близ Сюаньчэна.

古风

其五十四

倚剑登高台，
悠悠送春目。
苍榛蔽层丘，
琼草隐深谷。
凤鸟鸣西海，
欲集无珍木。
鷽斯[1]得所居，
蒿下盈万族。
晋风日已颓，
穷途方恸哭。

753

① 鷽斯（yù sī），乌鸦之类的凡鸟，比喻贪利小人。

Дух старины (из цикла)

54

Мой меч[1] при мне, гляжу на мир кругом:
На нём лежит дневная благодать,
Но заросли скрывают дивный холм,
Душистых трав в ущелье не видать.
В краях закатных Феникс вопиет –
Нет древа для достойного гнезда,
Лишь воронье приют себе найдёт
Да возится в бурьяне мелкота.
Как пали нравы в Цзинь[2]! Окончен путь!
Осталось только горестно вздохнуть.

753

1. *Здесь это атрибут не столько воина, сколько судьи, дающего оценку падению нравов.*
2. *Поэт 3 в. Жуань Цзи (жил на территории совр. пров. Шаньси, где в древности находилось царство Цзинь), сетуя на падение устоев, садился в конный экипаж и гнал, не разбирая дороги, с восклицанием: «Путь исчерпан».*

古风

其二十五

世道日交丧，
浇风散淳源。
不采芳桂枝，
反栖恶木根。
所以桃李树，
吐花竟不言。
大运有兴没，
群动争飞奔。
归来广成子①，
去入无穷门。

753

① 广成子，上古传说中的仙人。

Дух старины (из цикла)

25

Мир Путь утратил, Путь покинул мир[1],
Забвенью предан праведный Исток,
Трухлявый пень сегодня людям мил,
А не коричных рощ живой цветок.
И потому у персиков и слив
Безмолвно раскрываются цветы[2].
Даны веленьем Неба взлёт и срыв,
И мельтешения толпы – пусты...
Вот и Гуанчэн-цзы[3] ушёл туда,
Где распахнулись в Вечность ворота.

753

1. Нравственный принцип Дао.

2. Образ отшельничества, «деяния недеянием» как формы осуществления Дао.

3. Мифологический святой.

秋登宣城谢脁北楼

江城如画里，
山晚望晴空。
两水夹明镜，
双桥落彩虹。
人烟寒橘柚，
秋色老梧桐。
谁念北楼上，
临风怀谢公。

753

Осенью поднимаюсь на Северную башню Се Тяо в Сюаньчэне

Городок у реки – как на дивной картине:
Очарована синею бездной скала,
Два моста – разноцветие радужных линий,
Два потока – сверкающие зеркала.
Закурились дымки, холод цитрусам страшен,
И притихли платаны в осенней красе.
Так кого же мне вспомнить на Северной башне? –
Пусть в ветрах прозвучит стих почтенного Се[1]!

753

1. Поэт Се Тяо.

谢公亭

谢亭离别处，
风景每生愁。
客散青天月，
山空碧水流。
池花春映日，
窗竹夜鸣秋。
今古一相接，
长歌怀旧游。

753

Беседка господина Се[1]

Здесь господина Се покинул друг,
И всё несёт печаль душе моей.
Гость скрылся, но луны остался круг,
Гора пуста, но всё журчит ручей.
Цветы цвели у брега по весне,
Бамбук шумел осеннею порой…
Живое и ушедшее во мне
Соединились в песнь о встрече той.

753

1. Беседка на берегу реки Ваньси у подножия горы Цзинтин построена поэтом Се Тяо.

宣州谢朓楼饯别校书叔云

弃我去者，
昨日之日不可留；
乱我心者，
今日之日多烦忧。
长风万里送秋雁，
对此可以酣高楼。
蓬莱文章建安骨，
中间小谢又清发。
俱怀逸兴壮思飞，
欲上青天揽明月。
抽刀断水水更流，
举杯消愁愁更愁。
人生在世不称意，
明朝散发弄扁舟。

753

За прощальным вином на башне Се Тяо в Сюаньчэне напеваю стихи дяде Хуа[1], текстологу

Что ушло – то ушло,
День вчерашний покинул нас.
А душе тяжело
От тревог, что волнуют сейчас.
Ветер гонит и гонит бездомных гусей…
Может, чашей утишится эта тоска?
На Пэнлайской горе[2] строфы младшего Се[3]
Меж поделок возможно ещё отыскать,
И становится снова душе веселей,
Воспарим и обнимем луну в небесах.
Хоть мечом поруби, а ручей – всё течёт,
Сколько кубков ни выпей – тоска всё гнетёт.
Нет, не так, как мечталось, я, верно, живу,
Пук волос распущу, в челноке уплыву[4]…

753

1. Ли Хуа, литератор, работал в императорском Библиотечном приказе.
2. Здесь это метоним дворцовой библиотеки.
3. Се Тяо.
4. Уйти со службы, стать отшельником, чиновники собирали волосы в пучок.

古风

其二十八

容颜若飞电，
时景如飘风。
草绿霜已白，
日西月复东。
华鬓不耐秋，
飒然成衰蓬。
古来贤圣人，
一一谁成功?
君子变猿鹤，
小人为沙虫。
不及广成子，
乘云驾轻鸿。

753

Дух старины (из цикла)

28

Наш лик – лишь миг, лишь молнии посверк,
Как ветер, улетают времена.
Свежа трава, но иней пал поверх,
Закат истаял, и опять – луна.
Несносна осень, что виски белит,
Мгновенье – и останется труха.
Из тьмы времён к нам праведники шли –
И кто же задержался на века?
Муж благородный – птицей в небе стал,
Презренный люд преобразился в гнус[1]...
Но разве так Гуанчэн-цзы[2] летал?! –
Был в тучку впряжён легкокрылый Гусь.

753

1. Образ неостановимого времени и неизбежности смены форм в круговороте природы.

2. Бессмертный святой.

独坐敬亭山

众鸟高飞尽，
孤云独去闲。
相看两不厌，
只有敬亭山。

753

Одиноко сижу на склоне Цзинтин[1]

Последних птиц не стало в вышине,
И сиро тучка на покой слетела.
Лишь мы с Цзинтин остались в тишине –
Друг друга видеть нам не надоело.

753

1. Гора близ г. Сюаньчэн.

听蜀僧濬弹琴

蜀僧抱绿绮[①]，
西下峨眉峰。
为我一挥手，
如听万壑松。
客心洗流水，
馀响入霜钟。
不觉碧山暮，
秋云暗几重。

753

① 绿绮（lǜ qǐ），古琴名。

Слушаю, как монах Цзюнь из Шу[1] играет на *цинь*

Цинь звонкоголосый сжимает монах,
Пришедший с самой Крутобровой горы[2],
И вот для меня зазвучала струна –
Чу! Шёпот сосны в переливах игры.
Потоками звуков омыта душа,
Откликнулся колокол издалека.
Гора погружается в ночь не спеша,
И, мрак нагнетая, плывут облака.

753

1. Буддийский монах. Шу: совр. пров. Сычуань, где Ли Бо прожил с 5 до 25 лет.
2. Знаменитая гора Эмэй в Шу.

春日独坐，寄郑明府

燕麦青青游子悲，
河堤弱柳郁金枝。
长条一拂春风去，
尽日飘扬无定时。
我在河南别离久，
那堪坐此对窗牖。
情人道来竟不来，
何人共醉新丰酒？

754

Из весеннего одиночества посылаю уездному правителю Чжэну

От колосков овса печаль приходит,
От жёлтых, как куркума, ив на дамбе,
Весенний ветер в ивах колобродит,
Мотаться в ветре ветви не устали.
Мы так давно простились за рекою!
Качанье это за окном… Мне страшно.
Вы ж обещали… Но Вас нет со мною.
Так с кем сяньфэнского[1] осушим чашу?

754

1. Знаменитая марка вина, производившегося на территории совр. пров. Шэньси.

送友人游梅湖

送君游梅湖，
应见梅花发。
有使寄我来，
无令红芳歇。
暂行新林浦，
定醉金陵月。
莫惜一雁书，
音尘坐胡越。

754

Провожаю друга к Сливовому озеру[1]

Ты уходишь на берег, где сливы красивы,
Там увидишь их дивный весенний наряд.
И пришлёшь мне письмо с лепесточками сливы,
Чтоб с утра и до ночи стоял аромат.
Ну, а я тут гуляю по плёсам Синьлиня[2]
И хмелею с луной над Курганом Златым[3].
Вестник-гусь, не томи ожиданием длинным,
Пронесись, словно пыль, над простором земным.

754

---

1. В старых атласах локализуется в районе Цзиньлина (Нанкин).

2. Озеро под Цзиньлином.

3. Чжуншань в г.Цзиньлин, где в древний период междоусобиц было тайно закопано золото.

宣城青溪

青溪胜桐庐，
水木有佳色。
山貌日高古，
石容天倾侧。
彩鸟昔未名，
白猿初相识。
不见同怀人，
对之空叹息。

754

Чистый ручей в Сюаньчэне

Нет и в Тунлу[1] такого ручейка,
Цветёт по берегам дерев краса,
Гора стремится к солнцу, высока,
Склонились скалы, словно небеса,
Не знаю, как зовут цветастых птиц,
Таких гиббонов белых нет нигде…
Но я не встретил мне созвучных лиц
И горестно вздыхаю в пустоте.

754

1. Уезд в совр. пров. Чжэцзян, славящийся своими пейзажами.

清溪行

清溪清我心，
水色异诸水。
借问新安江，
见底何如此？
人行明镜中，
鸟度屏风里。
向晚猩猩啼，
空悲远游子。

754

Песнь о Чистом ручье

Здесь душу мою очищает вода,
Средь речек окрестных такая одна.
А что же Синьань[1]? Она так ли чиста,
Как эта? – До самого-самого дна?
Плывёшь по зерцалу, и склоны – экран,
Расписанный дивно узорами птиц.
Но к ночи пустеет, и орангутанг
Вздыхает, печаля изгоя столиц.

754

1. Река в пров. Аньхуэй.

宿清溪主人

夜到清溪宿，
主人碧岩里。
檐楹挂星斗，
枕席响风水。
月落西山时，
啾啾夜猿起。

754

Ночую в доме у Чистого ручья

Ночь я провёл у Чистого ручья,
Дом высоко средь бирюзовых скал.
Висела над стрехой звезда моя,
Ручей шумел, и ветер завывал,
А на рассвете раздались со склонов
Печальные рыдания гиббонов.

754

秋浦[1]歌十七首

其一

秋浦长似秋，
萧条使人愁。
客愁不可度，
行上东大楼。
正西望长安，
下见江水流。
寄言向江水，
汝意忆侬不？
遥传一掬泪，
为我达扬州。

754

①秋浦，位于今安徽省池州市一带，此处多湖泊。

Песни Осеннего плеса[1] (из цикла)

1

Осенний плес, бескрайний, словно осень,
Пустынный, наводящий грусть на всех,
Заезжий путник грусти не выносит,
Влечёт его по горным склонам вверх.
Смотрю на запад – там дворцы Чанъаня,
Плывёт у ног Великая Река.
Поток, что вдаль стремится неустанно,
Скажи, ты не забыл меня пока?
Слезинки я роняю над потоком,
Снеси в Янчжоу их – туда, далеко.

754

1. *Цюпу: территория в совр. пров. Аньхуэй, где осенью разливается полоса озер.*

其十二

水如一匹练，
此地即平天。
耐可乘明月，
看花上酒船。

754

12

Вода – как будто шёлка полоса,
Спокойная, что небо над землёй.
Луна-ясна, покинь-ка небеса,
Стань лодочкой в цветах моей хмельной!

754

其十三

渌水净素月，
月明白鹭飞。
郎听采菱女，
一道夜歌归。

754

13

В струе воды – чистейшая луна,
В луче луны – вечерний цапли лёт.
Там парень с девою плывут, она,
Каштан срывая, песенку поёт.

754

其十四

炉火照天地，
红星乱紫烟。
赧郎明月夜，
歌曲动寒川。

754

14

Над землёй полыхает руда,
Искр багровых летит череда.
В свете лунном плавильщик поёт,
И от песни теплеет вода.

754

其十五

白发三千丈，
缘愁似箇[①]长。
不知明镜里，
何处得秋霜！

754

① 箇（gè），同“个”字。

15

В три тысячи *чжанов* моя седина,
Она, как тоска, бесконечно длинна,
И в зеркале вод – словно иней осенний…
Не знаю, откуда явилась она?

754

白鹭鸶

白鹭下秋水，
孤飞如坠霜。
心闲且未去，
独立沙洲旁。

754

Белая цапля

К осеннему спустилась цапля плесу
Снежинкой одинокою белесой.
Одна, с душой, исполненной покоем,
Застыла у песчаного тороса.

754

游秋浦白笴陂[1]二首

其一

何处夜行好，
月明白笴陂。
山光摇积雪，
猿影挂寒枝。
但恐佳景晚，
小令归棹移。
人来有清兴，
及此有相思。

其二

白笴夜长啸，
爽然溪谷寒。
鱼龙动陂水，
处处生波澜。
天借一明月，
飞来碧云端。
故乡不可见，
肠断正西看。

754

① 白笴陂（bái gǎn pí），位于安徽池州市贵池区棠溪镇曹村的龙舒河畔。

Гуляю по Байганьпи[1] у Осеннего плеса

1

Я так к ночным прогулкам склонён,
А здесь, на Байганьпи, – луна,
Искрится луч на снежном склоне,
Гиббона тень в ветвях видна.
Но дивное уйдёт мгновенье,
И с песней в чёлн вернусь вновь я.
Здесь – чистота, здесь – вдохновенье,
Здесь вспоминаются друзья.

2

По Байганьпи всю ночь гуляю,
Струя речная холодна,
Драконы с рыбами играют,
И поднимается волна.
Река, заняв луну у неба,
Её купает в облаках.
В краю отцов давно я не был…
Гляжу в закат… В душе – тоска.

754

1. Гора в пров. Аньхуэй.

宿虾湖

鸡鸣发黄山，
暝投虾湖宿。
白雨映寒山，
森森似银竹。
提携采铅客，
结荷水边沐。
半夜四天开，
星河烂人目。
明晨大楼去，
冈陇多屈伏。
当与持斧翁，
前溪伐云木。

754

Ночую на озере Креветок[1]

От Желтого пика нас гонит рассветный петух,
Чтоб к озеру Ся нам добраться в закатную пору.
Из тёмного леса торчит серебристый бамбук[2] –
То струи дождя исчеркали застывшую гору.
Искателей сурика[3], нас ожидает ночлег
На утлом челне среди лотоса листьев зелёных.
Распахнуто небо полночное, и человек
В сверкании звёздных потоков стоит, ослепленный.
А утром – к Далоу, где сурик мы можем найти
На тропах извилистых или в лощинах тенистых…
А что если мне к старику-дровосеку уйти
И рубкой деревьев заняться в заоблачных высях?

754

1. Озеро Креветок локализуется где-то в районе Осеннего плеса.
2. Серебристый бамбук: поэтический образ сильного ливня.
3. Из сурика даосы готовили эликсир бессмертия.

赠汪伦

李白乘舟将欲行，
忽闻岸上踏歌声。
桃花潭水深千尺，
不及汪伦送我情！

755

Ван Луню[1]

Ли Бо уже садится в чёлн, как вдруг
С причала слышит песен, плясок звук.
Ах, Персикова заводь глубока
Не так, как чувства, что питает друг.

755

1. Винодел, любитель поэзии Ли Бо, пригласивший поэта в гости.

别山僧

何处名僧到水西，
乘舟弄月宿泾溪。
平明别我上山去，
手携金策踏云梯。
腾身转觉三天近，
举足回看万岭低。
谑浪肯居支遁[1]下，
风流还与远公[2]齐。
此度别离何日见，
相思一夜暝猿啼。

755

① 支遁（314—366），东晋高僧。
② 远公，指慧远（334—416），东晋名僧。

Прощай, монах с вершины горной

Откуда ты, монах, пришёл в Шуйси,
Где лик луны плывёт меж берегов?
Чуть рассвело, ты, молвив мне «прости»,
Поднялся по ступеням облаков
В недосягаемую высоту
Над сотней сотен гор, меж звёзд и лун,
Беспечный, как когда-то был Чжи Дунь,
Ветрам отдавшись, словно Юань-гун[1].
Увидимся ль когда-нибудь, монах?
Гориллы вой в ночи вселяет страх.

755

1. Учёные монахи периода династии Цзинь.

寻山僧不遇作

石径入丹壑，
松门闭青苔。
闲阶有鸟迹，
禅室无人开。
窥窗见白拂，
挂壁生尘埃。
使我空叹息，
欲去仍徘徊。
香云遍山起，
花雨从天来。
已有空乐好，
况闻青猿哀。
了然绝世事，
此地方悠哉！

755

Не найдя монаха в горном монастыре, написал это стихотворение

Тропа ведёт в туманную лощину
Побеги сосен оплели врата,
Лишь птиц следы на лестницах пустынных,
И некому впустить меня туда.
Сквозь окна вижу помело без дела
И пыль, не обметенную со стен…
Печаль моей душою овладела,
Не в силах я покинуть эту сень,
Где дивный аромат наполнил склоны,
С небес цветов рванулся ураган[1],
Мусикия звучит меж гор зелёных,
И подвывает чёрный обезьян.
Я осознал: лишь бренный мир оставив,
Иную жизнь найдём мы в новых далях.

755

1. Ароматы, цветы с неба: буддийские термины благой вести.

寄当涂赵少府炎[①]

晚登高楼望，
木落双江清。
寒山饶积翠，
秀色连州城。
目送楚云尽，
心悲胡雁声。
相思不可见，
回首故人情。

755

① 赵少府炎，指赵炎（生卒年代不详），李白友人，唐代画家，曾任当涂县尉。

Посылаю Чжао Яню[1], помощнику начальника уезда в Данту

Взойду в ночи на башню. В отдаленьи
С дерев листы нисходят в мрак речной,
Холодной синью скутаны ущелья –
Сколь дивный вид за городской стеной.
Но чуских тучек вереницы тают,
Гусей надрывным плачем ночь полна.
Ах, милый друг, меж нас такие дали!
Скорбящая душа уязвлена.

755

1. *Чжао Янь: близкий друг Ли Бо по округу Данту (на территории совр. пров. Аньхуэй).*

望木瓜山

早起见日出，
暮见栖鸟还。
客心自酸楚，
况对木瓜山。

755

Смотрю на гору Айвы[1]

Восходит день за днём светило,
И птицы прячутся к закату…
Тоска скитальца прихватила
У этих склонов кисловатых.

755

1. *Гора Мугуа в районе г. Чичжоу.*

三五七言

秋风清，
秋月明。
落叶聚还散，
寒鸦栖复惊。
相思相见知何日？
此时此夜难为情！

756

Стихи в три, пять, семь слов[1]

Ветер свежей,
Месяц светлей,
Осень уносит с деревьев листы,
Осень морозит на ветках грачей...
Где ж этот миг, когда мы съединим и желанья, и дни?
Чувства мои не знавали поры тяжелей и мрачней!

756

1. Стихотворение, в котором каждая следующая пара строк увеличивается на 2 иероглифа.

赠闾丘处士

贤人有素业，
乃在沙塘陂。
竹影扫秋月，
荷衣落古池。
闲读山海经，
散帙[1]卧遥帷。
且耽田家乐，
遂旷林中期。
野酌劝芳酒，
园蔬烹露葵。
如能树桃李，
为我结茅茨。

757

① 散帙（sàn zhì），指读书。

Подношу оставившему службу отшельнику Люйцю

Мудрец отныне волен и свободен,
Возлёг высоко дамбы на откосе,
Где тень бамбуков за луною бродит,
На старый пруд листы роняет лотос.
Перелистнет «Шань-хай»[1], трактат тот древний,
Другие книги, лежа под навесом,
Прислушается к звукам из деревни
Или сокроется в глубины леса.
Нам чаша на природе дарит силы,
Покрыта степь роскошными цветами…
Ах, стать бы нам тут персиком со сливой[2]
И свой навес поставить рядом с Вами!

757

1. «Шань-хай цзин»: древний трактат по мифологической географии.
2. Персик и слива: поэтический образ близких друзей.

江上望皖公山[1]

奇峰出奇云，
秀木含秀气。
清晏皖公山，
巉绝称人意。
独游沧江上，
终日淡无味。
但爱兹岭高，
何由讨灵异。
默然遥相许，
欲往心莫遂。
待吾还丹成，
投迹归此地。

757

① 皖公山，又名皖山，即天柱山，位于安徽安庆。

С реки смотрю на гору Ваньгун[1]

Из-за дивной горы поднимается дивная тучка,
Ароматом чудесным напитаны чудо-леса,
До чего же чисты и прелестны ваньгуновы кручи,
Может только в мечтах воплотиться такая краса.
Я один на реке, и вокруг – голубые потоки,
Вплоть до ночи не смог оторваться от прелестей сих,
Совершенно влюблён в эти дивно крутые отроги,
Если думать возможно о чём-то, то только о них!
Я пытаюсь припомнить подъём на другие вершины,
Но душа отверзает любые иные места.
Когда путь превращений в сем мире закончится длинный[2] –
Вот тогда-то уже и осяду я здесь навсегда.

757

1. Гора на терр. совр. пров. Аньхуэй.
2. Даоское ступенчатое преображение человека в бессмертного святого.

系浔阳，上崔相涣三首

其一

邯郸四十万，
同日陷长平[1]。
能回造化笔，
或冀一人生。

757

① 邯郸为赵国都城。公元前260年，赵国军队40万人在长平惨遭秦军坑杀。

Из Сюньянской темницы – Министру Цуй Хуаню[1]
(из цикла)

1

Четыреста тысяч ханьданьцев легли
На поле кровавом чанпинской земли[2].
Верните меня к моей кисти творящей –
Живым средь всех, кто домой не пришли!

757

1. Обращение к министру написано в тюрьме в г. Сюньян.

2. Жестокое сражение периода Борющихся царств в районе Чанпин на территории нынешней пров.Хэбэй. Ханьдань – столица проигравшего царства Чжао.

古风

其四十五

八荒驰惊飙[1]，
万物尽凋落。
浮云蔽颓阳，
洪波振大壑。
龙凤脱罔罟[2]，
飘摇将安托？
去去乘白驹，
空山咏场藿。

757

① 惊飙（jīng biāo），风暴，隐喻安史之乱。
② 罔罟（wǎng gǔ），罗网。此句隐喻唐玄宗、杨贵妃逃离京城。

Дух старины (из цикла)

45

По всем краям пронесся страшный смерч[1],
Была живому гибель суждена,
Свет слабый солнца в туче не узреть,
В Великой Бездне[2] дыбилась волна.
Но с Павой спасся из тенёт Дракон[3]!
Какая ныне примет их земля?
А я умчусь подале, белый конь[4],
Где зеленеют в тишине поля.

757

1. *Мятеж Ань Лушаня.*
2. *Топоним мифологической географии.*
3. *Имеются в виду бежавшие из столицы от бунтовщиков император и наложница.*
4. *Белый конь: самоназвание незаурядного человека, таланта (образ, идущий из "Шицзина").*

流夜郎[1]题葵叶

惭君能卫足，
叹我远移根。
白日如分照，
还归守故园。

758

① 夜郎，位于今贵州桐梓县一带，唐代流放地。

Направляясь в Елан[1] – о листах подсолнечника

Вы – мне в укор – свой корень сберегли,
Меня же гонят до глухой дали.
Ах, если солнце мне благоволит[2],
Вернусь к садам отеческой земли.

758

1. К месту ссылки на территории совр. уезда Тунцзы пров. Гуйчжоу.
2. Надежда на государеву милость.

题江夏修静寺

我家北海[①]宅，
作寺南江滨。
空庭无玉树，
高殿坐幽人。
书带留青草，
琴堂幂素尘。
平生种桃李，
寂灭不成春。

758

① 李邕（678—747），曾任北海太守，世称李北海，擅书法。江夏修静寺原为李邕故宅。

О монастыре Сюцзин в Цзянся[1]

Здесь жил Бэйхай из рода Ли,
И монастырь теперь,
Двор пуст, вельможу погребли,
Монахи входят в дверь.
На полках свитки книг лежат,
Цинь пыльный ещё тут,
Но деревца, что он сажал,
Уже весны не ждут.

758

1. *В этом монастыре в районе совр. г. Ухань пров. Хубэй жил Ли Бэйхай (Лю Юн, 678–747), высокий вельможа, невинно осужденный.*

上三峡

巫山夹青天，
巴水流若兹。
巴水忽可尽，
青天无到时。
三朝上黄牛，
三暮行太迟。
三朝又三暮，
不觉鬓成丝。

758

Минуя Санься[1]

Зажато небо в пиках Колдовских[2]
Среди рычания башуйских[3] волн.
Когда-то люди не увидят их,
А неба не затронет бег времён.
Три утра огибаю Хуанню[4],
Ещё три ночи… Бесконечен путь,
Три раза прибавляю день ко дню,
Тоска такая, что и не вздохнуть.

758

---

1. Три ущелья в верхнем течении Янцзы.

2. Двенадцать пиков Колдовской горы (Ушань).

3. Башуй: часть Янцзы на той территории Сычуани, которая раньше именовалась Саньба (Три Ба).

4. Гора на севере совр. пров. Хубэй около Янцзы.

早发白帝城[1]

朝辞白帝彩云间，
千里江陵[2]一日还。
两岸猿声啼不住，
轻舟已过万重山。

759

① 白帝城，位于今重庆市奉节县。
② 江陵，今湖北省荆州市。

Спозаранку выезжаю из города Боди[1]

Покинул поутру заоблачный Боди,
Чёлн мигом сотни *ли* к Цзянлину[2] пролетит,
Макаки с берегов галдят на всем пути,
Но тяжесть тысяч гор[3] осталась позади.

759

1. Город на высокой горе в пров.Сычуань.
2. Цзянлин (или Цзинчжоу): округ и уезд (совр. уезд Цзянлин пров. Хубэй).
3. Образ освобождения.

与夏十二登岳阳楼[①]

楼观岳阳尽，
川迥洞庭开。
雁引愁心去，
山衔好月来。
云间连下榻，
天上接行杯。
醉后凉风起，
吹人舞袖回。

759

① 岳阳楼，位于今湖南省岳阳市西北高丘之上。

Вместе с Ся, двенадцатым в роду, поднимаемся на Юэянскую городскую башню[1]

С этой башни разверзлась бескрайная даль,
Тихо плещутся воды, вливаясь в Дунтин.
Гусь пролетный уносит с собою печаль,
Поднимается месяц из горных лощин.
Мы сойдём на плывущие к нам облака,
Небо винною чашей попотчует нас,
И порывом свежеющего ветерка
Рукава наши сами запустятся в пляс.

759

1. Башня западных ворот г.Юэян, пров.Хунань, над озером Дунтин.

秋夕书怀

北风吹海雁，
南渡落寒声。
感此潇湘①客，
凄其流浪情。
海怀结沧洲，
霞想游赤城②。
始探蓬壶③事，
旋觉天地轻。
淡然吟高秋，
闲卧瞻太清。
萝月掩空幕，
松霜结前楹。
灭见息群动，
猎微穷至精。
桃花有源水，
可以保吾生。

759

① 潇湘，指潇水、湘水，泛指荆楚之地，也是屈原的流放地。
② 沧洲、赤城，均为神话传说中的仙境。
③ 蓬壶，指蓬莱，古代传说中的海上仙山。

Осенним вечером пишу о пережитом

Северным ветром гонимый гусей караван
Криком надрывным кричит над застывшей рекой,
Будто скорбит по тому, кто на Сяо и Сян[1]
Некогда изгнан был немилосердной судьбой.
Водный поток мне напомнил о дальних брегах,
Городе Красном[2], подсвечённом алой зарей.
Как очутиться в Пэнлайских священных местах?
Зыбок сей мир – вместе с небом и вместе с землей.
Осень глухая. Иль тихую песенку спеть?
В полной тиши озираю небесную глубь,
Месяц с небес не скользнет сквозь лианную сеть,
Иней с сосны опускается прямо на сруб.
Я замираю, прервался светильника свет,
Мыслью сквозь формы[3] пытаюсь прорваться к судьбе…
А по ручью удаляется персиков цвет,
Существованье моё сохраняя в себе.

759

1. В эти места был сослан Цюй Юань.
2. Пров. Чжэцзян на востоке страны.
3. Термин даоской философии, обозначающий существование в чистой мысли, освободившейся от сковывающих форм.

江上吟

木兰之枻[1]沙棠舟，
玉箫金管坐两头。
美酒樽中置千斛，
载妓随波任去留。
仙人有待乘黄鹤，
海客无心随白鸥。
屈平[2]词赋悬日月，
楚王台榭空山丘。
兴酣落笔摇五岳，
诗成笑傲凌沧洲。
功名富贵若长在，
汉水亦应西北流。

760

① 枻（yì），船桨。
② 屈平，屈原。

Пою на реке[1]

Магнолия-весло, ствол грушевый – ладья,
Дуда златая, яшма-флейта на борту,
Из жбана в чаши льёт душистая струя,
И чаровницы заскучать нам не дадут.
Ждёт Журавля святой, чтоб на него залезть,
А я, беспечный странник, среди чаек – свой.
Цюй Пина[2] оды унеслись до самых звёзд,
А царский терем занесён давно землей.
Возьмусь за кисть – дрожат все пять святых вершин,
Стих завершён – мой смех взлетает к небесам.
Когда бы знатность, власть уж были столь прочны,
Несла б меня Ханьшуй не к морю, а назад.

760

1. Ханьшуй, река в пров.Шэньси, которая течёт на юго-восток и у Ханькоу впадает в Янцзы.

2. Цюй Юань

哭宣城善酿纪叟

纪叟黄泉里，
还应酿老春。
夜台无晓日，
沽酒与何人？

761

Оплакиваю славного сюаньчэнского винодела старика Цзи

Наш Цзи и у Истоков[1] хочет
«Весной»[2] наполнить много чаш,
Да нет Ли Бо ещё в той ночи –
Кому вино своё продашь?

761

1. Жёлтые источники: мифологическое «царство мертвых».
2. Распространенная во времена Тан марка вина.

对酒

劝君莫拒杯，
春风笑人来。
桃李如旧识，
倾花向我开。
流莺啼碧树，
明月窥金罍[1]。
昨日朱颜子，
今日白发催。
棘生石虎殿[2]，
鹿走姑苏台。
自古帝王宅，
城阙闭黄埃。
君若不饮酒，
昔人安在哉。

762

① 金罍（jīn léi），饰金的大型酒器，泛指酒盏。
② 石虎（295—349），字季龙，羯族，十六国时期后赵第三位皇帝，明帝石勒之侄。石虎殿，泛指帝王宫殿。

Во хмелю

Не избегай, прошу, душистой чаши,
Приветствует нас ветерок весенний,
Вот персик, слива – все дружища наши,
Для нас ведь их весеннее цветенье.
Собрались иволги на ветках кругом,
И смотрит месяц в золочёный кубок...
А мы-то были ребятней весёлой
И вот покрылись сединой осенней,
Сорняк растёт в Ши Ху парадных залах[1],
И бродят по Гусу[2] стада оленей.
Уж так всегда с властительным жилищем,
Заносятся столицы жёлтой пылью.
Не хочешь пить вино, так поразмысли –
Где все они, кто предками нам были?

762

1. Ши Ху (295-349): властитель царства Хоу-Чжао.

2. Терраса в окрестностях совр. г.Сучжоу, построенного в начале 5 в. Фу Чаем, властителем царства У, для красавицы Сиши, которой он так увлекся, что забросил государственные дела, чем воспользовался коварный Гоу Цзянь, властитель соседнего царства Юэ, и завоевал У.

九日龙山[1]饮

九日龙山饮，
黄花笑逐臣。
醉看风落帽，
舞爱月留人。

763

① 龙山，位于安徽省当涂县。

В день Девятый[1] я пил на горе Дракона[2]

Я в праздник выпил на горе Дракона,
Хрисанфы над изгнанником[3] смеялись,
Сбил ветер шляпу и погнал по склону[4],
А я плясал, ловя луны сиянье.

763

1. *Девятый день девятой луны: осенний праздник (Чунъян), когда было принято подниматься на склоны гор и устраивать пикник среди диких жёлтых хризантем и кустарников кизила, пить вино, настоянное на лепестках хризантем, и вспоминать далеких друзей и родных.*
2. *Гора Дракона (Луншань): находится к югу от города Данту (совр. пров. Аньхуэй).*
3. *Самоназвание Ли Бо.*
4. *В «Цзинь шу» есть такой сюжет о Мэн Цзя, с которого на этой же горе в такой же праздничный день слетела шляпа.*

九月十日即事

昨日登高罢，
今朝更举觞。
菊花何太苦，
遭此两重阳[1]。

763

① 两重阳，九月十日有小重阳之称，菊花被采摘两次故被称为两重阳。

Вот что было на десятый день девятой луны

На склон горы взобрался я вчера
И вновь иду туда с вином в кувшине.
Хрисанфы грустны с самого утра –
В Чуньян топтали их, потопчут ныне.

763

游谢氏山亭

沦老卧江海，
再欢天地清。
病闲久寂寞，
岁物徒芬荣。
借君西池游，
聊以散我情。
扫雪松下去，
扪萝石道行。
谢公[1]池塘上，
春草飒已生。
花枝拂人来，
山鸟向我鸣。
田家有美酒，
落日与之倾。
醉罢弄归月，
遥欣稚子迎。

763

① 谢公，指谢朓。

Прихожу к беседке господина Се[1]

Старея, мы ютимся ближе к морю,
Там небо прикасается к земле.
Лежу в тиши я, болен и покорен,
Слежу за ростом листьев на стволе.
Но вот прошу – до Западного пруда
Меня сводите, я расслаблюсь там,
Лететь снежинки с веток сосен будут,
Пройдёмся по уложенным камням.
На склоне дамбы у пруда Се-гуна[2]
Трава о чём-то шелестит в ветрах,
Цветок меня коснётся стеблем юным,
И птицы для меня споют в горах.
А у крестьян в домах стоят кувшины,
Зайдём на чарку к ним в вечерний час,
Домой пойдём под лунным светом дивным,
И поросль юная приветит нас.

763

1. На горе Циншань близ г.Данту. Там сейчас находится могила Ли Бо.
2. Господин Се – поэт 5 в. Се Тяо.

宣城见杜鹃花

蜀国曾闻子规鸟，
宣城还见杜鹃花。
一叫一回肠一断，
三春三月忆三巴。

763

В городе Сюаньчэн смотрю на кукушкин цвет

Кукушки, помню, в Шу моём кричали,
А здесь весной цветёт кукушкин цвет.
Ку-ку, ку-ку – звенит во мне печалью
Тех лун, тех весен тех ушедших лет.

763

题峰顶寺

夜宿峰顶寺，
举手扪星辰。
不敢高声语，
恐惊天上人。

Надпись в храме на вершине

Ночью в храме на горе крутой
Звёзд касаюсь поднятой рукой.
Страшно небожителей встревожить –
Приглушаю громкий голос свой.

临路歌

大鹏飞兮振八裔，
中天摧兮力不济。
馀风激兮万世，
游扶桑兮挂石袂[1]。
后人得之传此，
仲尼亡兮谁为出涕。

763

① 袂（mèi），指衣袖。

Песнь о близком конце[1]

Взметнулся велий Пэн[2] – о! Содрогнулся всяк.
С полнеба пал он – ах! Совсем иссякли силы.
О! Исполать ему! Забыть того нельзя,
Елико вознесён к Фусану[3], где Светило...
Но кто, прознав о том, слёзу прольёт?!
Учитель Кун[4]? Уже давно он в бозе почиет.

763

1. Считается последним, предсмертным стихотворением Ли Бо.
2. Мифологический персонаж.
3. Мифическое древо в восточных морях; из-за него восходит солнце.
4. Конфуций.

编后记

诗人李白的俄罗斯知音

谷 羽

俄罗斯汉学家谢尔盖·阿尔卡基耶维奇·托罗普采夫，是莫斯科远东研究所功勋研究员。他出生于1940年，汉语名字叫谢公。从2002年开始，关注诗人李白的创作，连续出版了有关李白的七本书：《书说太白》（2002）、《李白古风59首》（2004）、《李白山水诗》（2005）、《楚狂人李白》（2008）、《李白传》（2009）、《李白诗500首》（2011）和《诗仙李白》（2014），成为俄罗斯汉学界引人瞩目的一个文化现象。

第一本书《书说太白》是为纪念诗人诞生1300周年编撰，收集了前辈汉学家撰写的文章，有助于读者全面深入地了解李白。第二本书《李白古风59首》，第一次展示了汉学家翻译中国古诗的全过程。每一首都逐词逐行地翻译，对典故和疑难词语给予注释，这是第一道工序，重在保证对原作语言理解的准确；第二道工序是诗化翻译，重在体现原作的音韵特征。原作是五言诗，要用五音步抑扬格（或扬抑格）十个音节来对应，对第一道工序的初译稿增删取舍，加工润色。

过去汉学家和诗人合作翻译中国古诗，通常是汉学家完成第一道工序，诗人完成第二道工序；现在，谢公一个人完成这两道工序，而且比他的前辈，比如休茨基，更加严谨。休茨基往往把一行诗译成两行，在形式上距离原作较远；而阿列克谢耶夫和艾德琳重视节奏，却不主张押韵，怕押韵会以词害意。谢公知难而进，坚持用双音节音步对应一个汉字，绝句就译四行，律诗译成八行，每行都减少四五个音节，因而更能体现汉语古诗的简洁洗练。这一点做起来很难，译者面临极大的挑战。但谢公认为，汉语诗押韵是固有的特征，译诗必须给予再现。他用了十年工夫翻译《李白诗500首》，并自费出版。这不仅在俄罗斯，在世界上也极为罕见。

2006年，中国政府授予谢公中华图书特殊贡献奖，是对他长期研

Послесловие составителя

Русский консонанс китайского поэта Ли Бо

Гу Юй

Российский китаевед Сергей Аркадьевич Торопцев, главный научный сотрудник московского Института Дальнего Востока, родился в 1940 году. Его китайское имя Се-гун. С наступлением нового тысячелетия занялся творчеством поэта Ли Бо и, издав одну за другой 7 книг о Ли Бо: «Книга о Великой белизне. Ли Бо – поэзия и жизнь» (2002), «Ли Бо. Дух старины» (2004), «Ли Бо. Пейзаж души. Поэзия гор и вод» (2005), «Чуский безумец Ли Бо» (2008), «Жизнь Ли Бо» (2009), «Ли Бо. 500 стихотворений» (2011) и «Ли Бо. Земная судьба Небожителя» (2014), – стал культурным явлением, обратившим на себя внимание китаеведческих сфер России.

В первой «Книга о Великой белизне. Ли Бо – поэзия и жизнь», подготовленной к 1300-летию со времени рождения Ли Бо, были собраны работы, написанные китаеведами старших поколений, что должно было помочь читателям многогранно и глубоко осознать поэзию и личность Ли Бо. Со второй книги «Ли Бо. Дух старины» начался процесс перевода китайской поэзии старого стиля, сделанного китаеведом. Каждое из 59 стихотворений цикла Ли Бо «Дух старины» было снабжено построчным переводом и комментарием к классическим крылатым выражениям и трудным для понимания местам, и это стало первым этапом работы, обеспечившим точность понимания оригинального текста; вторым этапом стал поэтический перевод, обративший внимание на музыкальную и рифменную специфику оригинала. Для того, чтобы пятисловный стих китайского оригинала адекватно передать десятью слогами русского пятистопного ямба, необходимо было вычленить главное в начальном переводе первого этапа и отшлифовать текст.

До этого китайские стихи старого стиля переводились китаеведами в содружестве с поэтами, и китаеведы осуществляли первый этап, а поэты – второй; теперь Се-гун соединил оба этапа и реализовал их с большей, чем такие его предшественники, как Щуцкий, тщательностью. Одну китайскую строку он обычно переводил двумя русскими, далеко отступая от формы оригинала; что же касается Алексеева и Эйдлина, то они были внимательны к ритмике, но игнорировали рифму из опасения словом убить поэтическое чувство. Се-гун осознавал эту опасность, но бросился в бой, решительно передавая китайский иероглиф русской двусложной стопой. Таким образом, четверостишие переводилось четырьмя строками, уставной стих – восемью, и строка состояла из 4-5 стоп, передавая лаконизм и отточенность

究中国诗歌文化的表彰与肯定。

2015 年俄罗斯“品读中国”第一届文学翻译奖评选中，中国文化中心授予他终身翻译成就奖，确属实至名归。

当然，托罗普采夫很尊重俄罗斯前辈汉学家，他遵循阿列克谢耶夫院士提出的“以诗译诗”的原则，译诗结合研究，撰写学术论文。他是中国李白研究会的外籍会员，跟中国多位研究李白的专家学者保持联系，比如安旗、郁贤皓、薛天玮，向他们咨询请教，把他们的论文翻译成俄语；他还多次到中国访问，赴陕西、四川、安徽等地进行学术考察，研究跟李白行踪有关的历史地理资料。他在研究与翻译李白诗歌方面取得重大进展，绝非一日之功。

1907 年阿列克谢耶夫来中国留学，他跟随法国汉学家沙婉进行学术考察，在当年 10 月 11 日的日记中有两段文字。“李白是中国诗歌的巅峰，是诗坛先知，是卓越的语言大师，是民族的巨人。”他又说：“李白期待着俄国文学的承认，等候着具备力量和知识、期待直视伟大诗人灵魂的译者，就像有人能够直视拜伦和歌德的灵魂一样。”

我认为，谢公就是中国诗人李白所期待的俄罗斯诗歌翻译家。

我们从谢公翻译的《李白诗 500 首》当中，精选出 100 首，以汉俄对照的形式编排，提供给攻读俄语与汉语的广大读者，相信会受到大家的青睐。

2019 年 3 月 15 日

китайского классического стиха. Это было нелегко, но переводчик принял вызов. При этом Се-гун понимал, что рифма – устойчивая специфика китайской поэзии, и не отказывался от нее. Десять лет он переводил 500 стихотворений Ли Бо и вложил в издание собственные средства. Это не так часто встречается не только в России, но и в мире в целом.

В 2006 году китайское правительство вручило Се-гуну приз за выдающиеся усилия в деле распространения китайской литературы, что стало признанием и утверждением его исследований поэтической культуры Китая.

В 2015 году в России был проведен первый конкурс «Читай Китай», на котором Китайский культурный центр в Москве отметил его призом по совокупности переводческой работы, признав его реальные заслуги в этой сфере.

Конечно, Торопцев как китаевед сочетает перевод литературы с исследовательской работой, выпускает научные труды, с должным почтением относится к наследию российских китаеведов старшего поколения и руководствуется выдвинутым академиком Алексеевым принципом, согласно которому стих должен переводится стихом. Он является иностранным членом Китайского общества изучения Ли Бо, поддерживает контакты со многими китайскими учеными, изучающими Ли Бо, например, с Ань Ци, Юй Сяньхао, Сюэ Тяньвэем, консультируется с ними, переводит их работы на русский язык; не раз он бывал в Китае для научных исследований в Сиани, Шэньси, Сычуани, Аньхуэе, собирая материал в исторических местах пребывания Ли Бо. Его серьезный прогресс в изучении и переводе поэзии Ли Бо – итог многолетних усилий.

В 1907 году Алексеев вместе с французским китаеведом Э.Шаванном побывал в Китае, проводя полевые исследования, и в своем дневнике 11 октября написал: «Ли Бо – зенит китайской поэзии, поэт-пророк, величайший мастер слова, национальный колосс». И еще он сказал: «Ли Бо ждет своего признания в русской литературе, ждет русского переводчика, который найдет в себе силы и знания, чтобы распространить поэзию великого поэта в России».

Я полагаю, что Се-гун – именно тот российский переводчик поэзии, которого ждал китайский поэт Ли Бо.

Мы отобрали 100 стихотворений из 500, переведенных Се-гуном, расположили их в форме параллельных китайско-русских текстов, чтобы предложить широким массам читателей, изучающих русский и китайский языки, и надеемся на их благосклонное внимание.

Написано 15 марта 2019 года